Dünyanın en süper marketi

DEDEMİN BAKKALI

ÇIRAK

ŞERMİN YAŞAR

taze kitap

DEDEMİN BAKKALI – ÇIRAK

Yazan:
Şermin Yaşar

Resimleyen:
Mert Tugen

taze kitap

Genel Yayın Yönetmeni:
Zeynep Sevde

Editör:
Saide Nur Dikmen

Grafik Tasarım:
Büşra Çakmak

1. Basım: Mayıs, 2017, 40 bin adet
2. Basım: Haziran, 2017, 20 bin adet
3. Basım: Aralık, 2017, 20 bin adet
4. Basım: Mayıs, 2018, 20 bin adet

ISBN: 978-605-82737-8-8

Taze Kitap Yayıncılık Tasarım Reklam ve Org. Hiz. Ltd. Şti.
Yayıncı Sertifika No: 32160
Beylerbeyi Mah. Beylerbeyi Küplüce Yolu Sok. No: 38/7
Üsküdar / İSTANBUL
Tel: 0216 401 17 17 e-posta: bilgi@tazekitap.com

Baskı ve Cilt:
Ertem Basım Ltd. Şti.
Başkent Organize Sanayi Bölgesi 22. Cadde No: 8
Malıköy - Temelli / Ankara Sertifika No: 26886

Bu kitabın yazarı 1982 doğumlu ama henüz büyümedi. Sanki hâlâ çocukluğunda yaşıyor. En sevdiği şeyler: Oyun oynamak, masal dinlemek, hikâyeler uydurmak, sokakta gezmek, büyükleri sinir eden gıcık gıcık şeyler yapmak... Sevmediği şeyler: Çikolatanın bitmesi, birinin "içine atlet giy" demesi, tam bir şeye dalmışken birinin yemeğe çağırması, herkesin her zaman saçma sapan kural koyabilmesi, her şeyin yetişkinlerin hakkı olması, hep onların haklı olması falan... Korkuları: Hamam böcekleri ve çatık kaşlı büyükler... Hayalleri: Ohooo, yazmakla bitmez... Çocukları: Tuna, Mete, Name, bir de kendisi... Kitapları: Başlarım Şimdi Anneliğe, Oyuncu Anne, Çok Hayal Kuran Çocuk, Oyun Takvimi, Kötü Alışkanlıklara İyi Öneriler, Ev Yapımı Sihirli Değnek, Dedemin Bakkalı, Tilki Masalları...

İÇİNDEKİLER

Sevgili Dostum;

Çocukken harika fikirlerim vardı. Bu fikirleri aklıma geldiği an uyguluyordum. Bilirsin, çocuklar büyükler gibi iki sene düşünmezler; hemen yaparlar. O yüzden "aceleci" olarak nitelendirilirler. Oysa alakası yok! Girişimciler ve beklemeyi sevmiyorlar diyelim. Ben de girişimci ve beklemeyi sevmeyen ruhumla, hemen harekete geçiyor ve fikrimi uyguluyordum. O yıllarda dedemin bakkalında ÇIRAKTIM. Orada olmak fikirlerimi hayata geçirmeme yardımcı oluyordu. Sonra da uyguladığım bu fikirleri büyüklere sunuyordum. Tahmin edeceğin gibi kimse ilgilenmiyordu. Çünkü yetişkinler genelde çocukların hayallerine inanmazlar ve onları vazgeçirmeye çalışırlar. Mesela sen büyüyünce araba tamircisi olmak istiyorsundur ama onlar sana inatla **"Aaa! Hiç olur mu, sen doktor olacaksın"** derler ve sen onlara inanırsın. Sonra da yolda arabanız bozulur ve **"Yakınlarda neden hiç araba tamircisi yok?"** diye sinirlenirsiniz. Yani, kimse çocuğunun araba tamircisi olmasını istemezse, araban bozulduğunda da tamirciyi bulamazsın!

Bütün yetişkinler böyledir. Çocukların hayallerinde gözleri var ve bu yüzden onları engellemeye çalışıyorlar. **Eğer** onlara uyup hayallerinden vazgeçersen, sen de onlar gibi olursun. Ama eğer vazgeçmez ve hayallerinin peşinden gidersen, inan bana hepsi gerçek olur.

Bu kitapta okuyacakların benim hikâyem. Yazacakların ise senin hikâyen. O sayfalar senin hayallerin, düşüncelerin, duyguların ve fikirlerin için. Lütfen senin için ayırdığım sayfaları doldur ve sakla.

Zaman zaman aç ve yazdıklarını **oku.**

Hayallerini unutma. Ne kadar yaratıcı, ne kadar hayalperest, ne kadar iyi fikir sahibi biri olduğunu unutma. Eğer unutmazsan, hepsi gerçek olur. Belki on yıl sonra, belki yirmi yıl sonra; ama mutlaka gerçek olur.

Saksıyı çalıştırmaya **hazırsan** başlayalım.

Şermin

KİMLİK

Önce bu kitabın **kime ait** olduğunu yazalım. Hayır, delirme. Tabii ki **gerçek** adını soyadını yazmayacaksın.

Kendine **yeni bir isim** bul. Senin sen olduğunu sen zaten biliyorsun. Ama kitap birinin eline geçerse –ki yetişkinler çocukların özel eşyalarını ele geçirip karıştırmaya bayılır– senin sen olduğunu anlamasınlar.

Bu kitap benim olsa kesin şöyle doldururdum:

Adın Soyadın: Tingimini Ribirik

Yaşın: 937

Yaşadığın Yer: Kaşıntı Adaları

Okulun: Çok Sıkıcı Mehmet Efendi İ.O.

Şimdi sıra sende

Adın Soyadın: Beren Ural

Yaşın: 10

Yaşadığın Yer: Fürth

Okulun: Rosenschule

buraya fotoğrafını yapıştır

BETERİN BETERİ VAR!

Bir gün bakkala Elif geldi. Canı sıkkınmış. Kimden duyduysa artık **"Dokunsan ağlarım"** dedi. "Dokunmam" dedim, "sakın ağlama. Ağlayacağına anlat da dinleyeyim..." Annesi kardeşine çikolata almış, ama Elif'e almamış. Surat asınca da annesi para verip **"İyi, git al kendine madem"** demiş. Bu yani! Olay bu!

Babaannem hep beterin beteri var derdi. O beter bendim. Anlattım. Abartarak anlatırsam daha kolay ikna olur diye, abarttım.

"Bak Elif, sen yine iyisin. Bir de BENİ DÜŞÜN. Sabah altıda kalkıp açıyorum bakkalı. Evde herkes PÖFÜR PÖFÜR uyuyor. Kahvaltı hazırlayan yok. Azıcık ekmek kopartıyorum, biraz peynir kesiyorum da onları yiyorum. Çay bile yok. Akşama kadar çalışıyorum. Bunca çikolata içinde bir tane bile yeme hakkım yok. Bakkaldan alışveriş yapan çocuklar çikolata alıp bana ikram ederlerse ne âlâ; etmezlerse beğenmeyip çöpe

attıkları çikolataları yiyorum. Sen yine iyisin Elif, bir de beni düşün" derken Elif ağlamaya başladı. Bana sarılıp **"Çok üzüldüm, çok üzüldüm"** diye hıçkırdı. Omuzlarından tutup **"Üzülme"** dedim, **alıştım ben..."**

Dedem bunları duysa beni bakkaldan kesin **KOVAR.** Çünkü bakkala saat dokuzda geliyordum ve bütün gün bakkalda tıkınıp duruyordum. Dedemin hiçbirine gıkı çıkmıyordu. Ama Elif'i ikna etmek için biraz abartmam gerekiyordu. Sonuçta edebiyatta da mübalağa diye bir sanat var!

Şimdi **sıra sende.** Elif sana geldi. Annesi kardeşini lunaparka götürmüş ama onu götürmemiş, yine dokunsan ağlarım vaziyetinde.

Bir metin yaz ve onu ikna et. Olayları abart. Unutma, beterin beteri var ve **o beter sensin!**

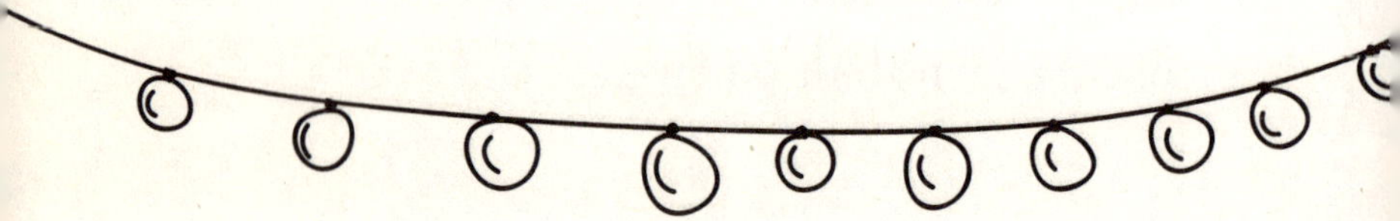

KURALLARIM

Bakkalda dedemin koyduğu kurallar vardı.

BAKKAL KURALLARI

* Bakkal her gün süpürülür.
* İçeriye giren sinek çıkartılır.
* Her gelene para bozulmaz. (Sonra bize kalmaz.)
* Gelen herkese "hoş geldiniz" denir.

Evde annemin koyduğu kuralları buraya yazmayacağım çünkü o zaman bu kitap, bir kitaptan çok bir ansiklopediye dönüşür.

Sen de **kendi odanın kurallarını koy.** Orası senin odan ve kurallarını da senin koyman çok doğal. Kuralları önce buraya yaz, sonra da bir kâğıda yazıp odanın kapısına **as.**

GELECEKTEKİ KENDİM

Gözlerini kapat ve yirmi yıl sonrasını düşün. **Neredesin, ne iş yapıyorsun, nasıl biri olmuşsun?**

Şimdi gelecekteki kendine bir **mektup** yaz. Ona hayallerinden bahset.

Ben olsam "Naber gelecekteki kendim? Beni özledin mi?" diye başlardım. Kesin özlemiştir.

Çünkü bütün yetişkinler en çok çocukluğunu özler.

Naber gelecekteki kendim? Beni özledin mi?

Ich will mal gerne nach Österreich. Nach Türkei wieder, Paris. Ich will endueder Apothekerin werden oder Erziehrin ich weiß es nicht so ganz?

BAKKALDAN HABERLER

Bazen bakkala hiç müşteri gelmezdi. O günlere **"HERKES TOK GÜNÜ"** adını takmıştım. Herkes tok günlerinde canım çok sıkıldığı için dedemin yaptıklarını yapıyor ve gazeteleri **baştan sona** okuyordum. Ama gazeteler insanda yaşama isteği bırakmıyor. Hep kötü haberler var. O bunu yaraladı, bu onun evine saldırdı, şunun evine hırsız girdi... Düşmanlık, sevgisizlik almış başını gitmiş. Çocuklar bu kadar kavga etse, **ohooooo, bize acayip kızarlar...** Gazeteleri dedem gibi söylene söylene okurken, **BİR TANE** güzel haber bulabildim.

Bu kasabadaki gençler her yaz, Temmuz ayının ikinci haftasında "Sevgililer Yolu" dedikleri yerde buluşur ve birbirlerini çok sevdiklerini söylerler. O hafta başlayan şenliklerde kasabanın birbirini seven tüm gençleri 7 gün 7 gece süren düğünle evlenirler.

Ne güzel haber diye düşündüm. Sevdiğini gizlemeden söylemek, sevgililerin buluşması, toplu düğün falan, **acayip** güzel bir haber. Hemen ben de bir gazete yapmalıyım ve içinde güzel haberler olmalı diye hayal ettim. Şöyle bir gazete yaptım.

BAKKALDAN HABERLER

Şükran Sevgilisine Kavuşsun

Köyümüzün güzel kızlarından Şükran Abla'nın, her gün bakkaldan jeton aldığı ve askerdeki sevgilisini aradığı görüldü. Askerden dönüşte evleneceklerini bildiren gençler birbirlerine telefonda "Seni Seviyorum" diyor. Şükran'ın babası Hasan ise olaylar karşısında sessizliğini koruyor.

Gazete sadece bir kişiye gitmez diye aynısından on, onbeş tane daha yazıp bakkala gelenlere dağıttım. Sonra Şükran abla geldi. O kadar uğraşarak hazırladığım gazeteyi kafama attı. Üstüme yürüdü, ağladı, bayıldı falan... Oralara çok girmeyeyim. Ama Şükran neye kızdı, anlamadım yani. **Sanki yalan haber...**

Sen de kendi gazeteni yap ve **buraya güzel bir haber yaz.**

GAZETE

BU RÖPORTAJ SES GETİRİR!

Gazetelerdeki röportaj bölümlerini okumayı çok seviyordum. Yani eğer birisi seninle röportaj yapıyorsa **ya önemli birisindir** ya da **önemli bir şey başarmışsındır.** Bir gün birilerinin de benimle röportaj yapmasını çok istiyordum. Fakat bunu bekleyecek sabrım yoktu. O yüzden ilk röportajımı **kendi kendime** yaptım. Bence sen de denemelisin. Gerçek bir röportajdan önce harika bir **prova** olur.

Sorularını kafana göre ve istediğin sırayla cevaplayabilirsin.

* Sevgili..............................., bütün ülke sizi konuşuyor. Biz biliyoruz, ama bir kez de sizin ağzınızdan duyalım. Neyi başardınız?

____

____

* Başarınızın sırrı nedir?

____

____

* Bundan sonraki planınız nedir? Yeni projeler var mı?

____

____

* Buradan insanlara iletmek istediğiniz bir mesajınız var mı?

____

____

____

____

____

ŞİFRELİ MESAJ

Bakkalda **sınırsız** yiyecek yiyebiliyordum. Ama bazı günler iştahım olmuyordu, çok fazla yiyemiyordum. Eee, benim hakkım bakkalda mı kalsın? **Kalmasın tabii!** Öyle zamanlarda arkadaşım Miray'ı çağırıyor, **"Benim yerime sen ye!"** diyordum. Çocuklar bazen gerçekten çok saçmalıyor. Neyse, o kadar olur. Bir gün Miray'ların evine telefon ettim. **"Çok karnım ağrıyor, ben yiyemeyeceğim bugün. İstersen gel sen ye"** dedim. Hemen geliyorum dedi ama hemen gelemedi. Ondan önce dedem geldi, tespihini evde unutmuş. "Git, al da gel!" dedi. Dedelerin istekleri hiç bitmez. Gidince anneanneme yakalandım. "Tavuklara yem at"  dedi. Anneannelerin istekleri dedelerin isteklerinden beterdir. Sonra da süt 

almaya gönderdi.

O arada Miray bakkala gelmiş, beni göremeyince not bırakmış.

Notun saçmalığına bakar mısın?

"Ben çikolata yiyemiyorum bugün, gel benim payımı sen ye diye aradın. Geldim, yoktun. Yarım saat sonra gelirim."

İmza: Miray

Gel Miraycım, gel, yarım saat sonra gel. Beni bulabilirsen yersin çikolatayı. Bir saat dedeme laf anlattım **senin yüzünden!**

Ertesi gün Miray'a şifreli mesaj bırakmayı öğrettim. Bir tane gazeteyi açıyorsun, oradaki bazı harfleri sırasıyla işaretleyerek şifreli bir mesaj bırakıyorsun.

Senin için arka sayfaya, kendi şifrelerimden bir örnek ve Dedemin Bakkalı kitabından rastgele bir sayfa koydum.

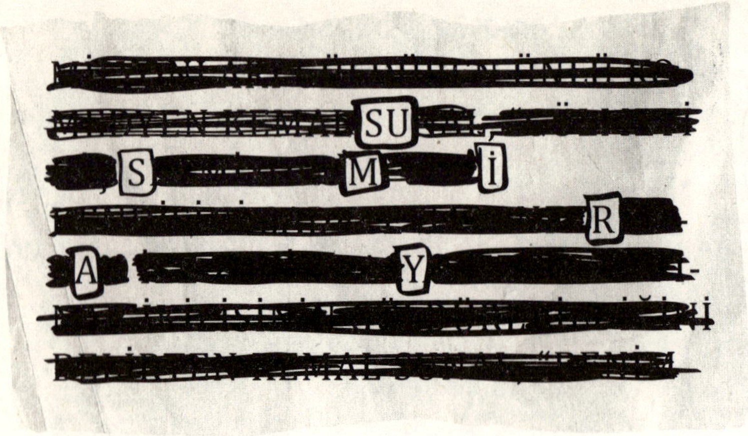

(Şifre çözümü: Sus Miray)

* Harfleri işaretleyerek buraya şifreli bir mesaj bırak.

Sadece dedeme çok kızdığım zamanlarda, Kahveci Dedeme gidip her şeyi takır takır anlatıyorum. İçimde çok biriktirdiğim için biraz da kendi hayal gücümü katıyorum. Ama Kahveci Dedem zaten gamsız adam. "Duydun mu dünya yanmış" desem, sadece "Yapma yauuuvvv" der.

Ben bütün bu olanları anlatınca Kahveci Dedem sadece "Boşveeeer, kap bir oralet!" diyor. Bozmuş oraletle kafayı! Anlattıklarıma hiç şaşırmıyor. Kimseyi şaşırtmayan bir haberin benim için bir değeri yok. O yüzden pek de umursamıyorum.

Amaaaa, Şükran Abla gelince, kulaklarım dikiliyor ve otuz iki dişimle sırıtıyordum. Çünkü Şükran Abla 5 jeton alıyor! Sevgilisi askerde Şükran Ablamın. Bu jetonlarla sevgilisini arıyor. Beni de telefon kulübesine bekçi dikiyor.

"Biri gelirse, kulübeyi tıklatıver gülüm" diyor. "Dinleme ama!" diye de tembih ediyor.

"Neden dinleyeyim Şükran Abla? Bu bakkalda neler oluyor, sen bir bilsen! Ne fakirlere para dağıtıyor dedem, ne küsleri barıştırıyor. Ne

Hayaller & Gerçekler

Bakkalı beklerken bazen çok sıkılırdım. Bütün gün çok saçma geçerdi. Ben de **hayalimde** başka bir gün yaşadığımı düşünür ve çok eğlenirdim.

Bu iki aşamalı bir oyun.

* Önce tüm gününü kayıt altına al ve aslında ne kadar **sıradan** bir hayatın olduğunu **kabul et.**
* Kitabını tüm gün yanında gezdir ve birer saat arayla burayı açıp **ne yaptığını** yaz.

	Gerçekte olan	Hayalimdeki
09.00:	Dakkal koltuğunda oturdum ve müşteri bekledim.	Nasa'da ilk Türk çocuk astronot olarak bir toplantıya katıldım. 
09.15:	Koltuktan kalktım ve bakkalı süpürdüm. 	Hazırladığım projeyi çok beğendiler. "Duyduğumuz en iyi fikir! Bu çocuk bir harika!" dediler. 
09.30:	Tekrar koltuğa oturdum ve müşteri bekledim.	Benim için bir ödül hazırlamışlar. Birazdan ödül töreni başlayacak. 

Şimdi sıra sende...

	Gerçekte olan	Hayalimdeki
09:00		
10:00		
11:00		
12:00		
13:00		
14:00		
15:00		
16:00		
17:00		
18:00		
19:00		
20:00		
21:00		
22:00		
23:00		
00:00		

KALEMLE NELER YAPILABİLİR?

Bakkala bir gün bir adam geldi. Kulağının arkasında bir kurşun kalem taşıyordu. Ona, "Siz yazar mısınız?" diye sordum. "Yoooo inşaat ustasıyım, kalemle duvarları işaretliyorum. Bir de kafam çok kaşınıyor, kafamı kaşıyorum" dedi. O gün anladım ki, **bir kalem asla sadece bir kalem değildir.** Bir sürü işlevi vardır. Sana **beş** madde ve sınırsız zaman veriyorum. Kalemle neler yapılabilir, maddeler misin?

KALEMLE YAPILABİLECEKLER

1. Çay kaşığı olmadığı zaman kalemle çay karıştırabilirsin. **(Bu benden olsun.)**
2.
3.
4.
5.

"Bir kalem asla sadece bir kalem değildir" demiştim. **Şimdi aşağıdaki kalemleri çizgilerle tamamlayarak başka şeylere benzetmeyi deneyebilirsin.**

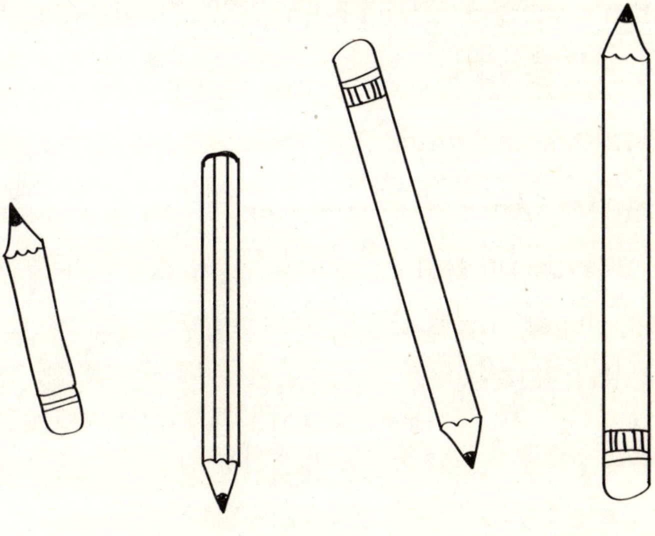

BENİMLE NE İLGİSİ VAR ?

Mürüvvet Abla ile Ferit Abi, birbirlerini çok severek evlendiler. Ama aynı zamanda da çok kavga ediyorlar. Ve garip bir şekilde kavgalar hep bakkalda patlak veriyor. Geçen sefer Mürüvvet Abla, bakkala gelip bana **"HEP SENİN YÜZÜNDEN"** diye bağırdı. Ne ayıp yaaaa! Benimle ne alakası var yani şimdi? Masum, sakin, kendi hâlinde bir bakkal çırağı sizin aranızı **nasıl** bozabilir? Olay tamamen şöyle gerçekleşti:

İkisi kol kola bakkala geldiler.

Mürüvvet: Sıvı yağ da bitmiş, bir litre de sıvı yağ alalım hayatım.

Ferit: Alalım canım.

Ben: Mürüvvet Abla, geçen gün, "Ferit hep kızartma yiyor, bıktım kızartma yapmaktan, her yer yağ oluyor" diyordun, yine de vereyim mi sıvı yağ, emin misin?

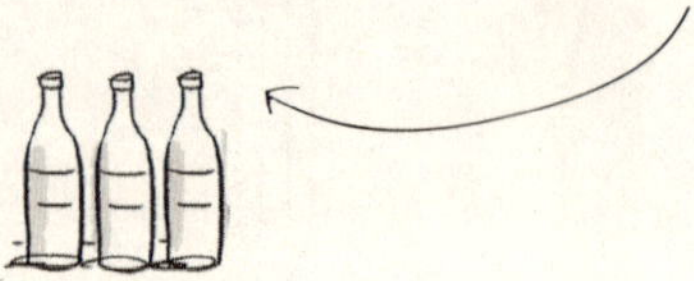

Ferit: Sen beni **el kadar çocuğa** mı şikâyet ediyorsun Mürüvvet?

Ben: Yok Ferit Abi, o anlatmadı. Sen geçen gün, **"Mürüvvet yine yemeği yakmış, bana bir ekmek biraz da helva ver"** dedin ya; o gün sordum da söyledi.

Sonra ikisi hiçbir şey almadan, kavga ede ede gittiler. Şimdi yani benim bu olayda **ne suçum var?**

Bence hiç yok!

Yeni görevin şu:

Mürüvvet ve Ferit sana geldiler. **Çırak sensin.**

Üçünüze öyle bir diyalog yaz ki kavga etsinler. **Ama sonra barıştır.** Yazıktır.

Ich habe mich mit meiner besten Freundin gestritten!

Wegen einer Person:

Agata

ESNAFLIĞA İLK ADIM

Bakkalda çıraklık yaparken elbette ki dedem bana **harçlık** veriyordu. **Bedavaya** yıllarca çalışılır mı**?** Kazandığım paraları biriktiriyor ve onlarla kitap  alıyordum. Annem, babam zaman zaman, "Ver, paraların bizde dursun. Biz saklayalım, sen düşürürsün" diyorlardı ama bu teklife hiç yanaşmadım.

Kendi paranı kazanmak müthiş bir şeydir ve kolay kolay kaybetmezsin.

Kendi paranı kazanmaya ne dersin?

Eminim sen çok orijinal fikirler bulursun ama ben de biraz fikir vereyim.

1. Kurabiye  yapıp satabilirsin. (Çok kolay. 200 gr tereyağı, 1 su bardağı şeker, 1 yumurta, 1 paket vanilya, hamur hâline gelene kadar un ekleyerek karıştır. 180 derece fırında 10 dakika pişir.)

2. Resim yap ve sergi aç.

Resimlerini gelenlere sat.

3. **Limonata** yap ve sat.

4. Sokaktan **taş** topla, onları boya ve sat.

Kimlere satacaksın?

- Aile büyükleri
- Komşular
- Anne-babanın arkadaşları
- Kendi arkadaşlarını sayma **(insan arkadaşına bir şey satmaz, paylaşır)**

Başardığında aşağıdaki formu doldur. Bir şey satmayı başaramazsan **tekrar dene.**

İlk Ticari Girişimim

Ne sattım?

....

İlk müşterim kimdi?

....

Ne kadar kazandım?

....

Paramla ne yapacağım?

....

SADDAM

Sana Saddam'dan bahsetmiş miydim? Saddam bir sokak köpeği. Ama aşırı akıllı bir köpek. Koluna dayımın bozuk saatini taktım ve ona pati vermeyi öğrettim. Yanından geçerken **"Saddam saat kaç?"** diyorsun, patisini kaldırıp saate bakıyor ve havlıyor.

Saddam'ı bakkalı hırsızdan arsızdan korur diye bakkalda çalıştırıyorum.  Karşılığında da kurabiye  veriyorum. Bir tane tereyağlı kurabiyeye tüm gün bekçilik yapıyor. Kimsenin olmadığı zamanlarda Saddam'la arkadaşlık ediyorum ve birlikte sohbet ediyoruz. Yani aslında Saddam konuşmuyor tabii. Onun yerine de ben konuşuyorum.

Annem, **"Amma çok konuşuyorsun, çenen hiç durmuyor"** derken haklı galiba.

Bir gün Mandıracı Bedriye Teyze 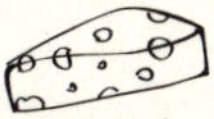 peynirlerini, tereyağlarını alıp bakkala geldi. Benden poşet satın alacak ve benden aldığı poşetlerle gidip köy meydanında peynir satacak! Dedeme, **"Biz de peynir satıyoruz, biz de tereyağ satıyoruz, niye bu kadına poşet veriyoruz ki? Rakibimiz o bizim"** dedim. Ters ters baktı bana. "Herkesin ekmek kapısı başka. Ver poşetleri, kimsenin rızkına mâni olamayız" dedi. Ayrıca Mandıracı Bedriye'nin peynirleri çok ağır kokuyor, ben poşet verirken dayanamıyorum, insanlar nasıl yiyor anlamadım. Neyse, Bedriye Teyze gelince, **"Yalnız**

Bedriye Teyze peynirler dışarda dursun, koku yapıyor" dedim. Sonuçta ben bu bakkalı güzel kokutmak için dünyanın **kolonyasını** harcıyorum. Bedriye Teyze, peynirlerini koyduğu teneke kovalarını bakkalın dışında bıraktı. Ben de içeride onu biraz lafa tuttum sanırım. **"Kaça satıyorsun? Kurtarıyor mu? Acaba satmasan mı?"** falan diye ikna etmeye çalıştım. Derken dışardan bir **tangırtı** duyuldu. O sesle birlikte Bedriye Teyze bakkaldan fırladı ve çığlık attı. Ağzı burnu peynir içinde bembeyaz kalan Saddam'ın korku dolu bakışları yüreğimi dağladı.

Dedem Saddam'la ikimizi bakkaldan kovdu. Biz de gidip gölün kenarında sohbet ettik.

"Niye yedin Bedriye Teyze'nin peynirlerini çakal?" dedim.

Anlattı.

"Ya ben ne bileyim peynirlerin Bedriye'ye ait olduğunu. Bakkal Deden, bakkalın önünde çöp olunca sana kızıyor, neden toplamadın diye söyleniyor. Çöp sandım ben onları. Sana yardım edecektim. Sonra baktım, çöp değil. Halis, muhlis köy peyniri... Bu sefer de bekçiliğimin mükâfatı diye düşündüm. Bir çeşit ikramiye galiba, dedim. Bir ay boyunca her gün kurabiye veriyorlar, ayda bir kere de peynir veriyorlar, ne güzel dedim. Ondan yedim. Bilsem yer miydim?" dedi.

Bu açıdan bakınca Saddam'a **aşırı** hak verdim.

Şimdi sıra sende.

Olayın şu: Bakkal Dedem bakkalın önünü hortumla yıkadı. Her yer pırıl pırıl oldu. Sonra da Saddam gelip 45 saniye boyunca kesintisiz şarıl şarıl işedi. Saddam'ın ağzından savunmasını yaz.

- Neden işedin Saddam?

BİR ZAMANLAR HERKES ÇOCUKTU

Bakkal Dedem adeta bir süper dedeydi. Bense bütün kusurları üzerinde toplamış bir zavallı...

Yani aslında gerçekte öyle değil tabii. Ama yetişkinlere göre öyledir. Kendileri mükemmeldir ve hep çocuklar hatalıdır. Her hata yaptığında karşına geçerler ve "Ben senin yaşındayken..." diye başlayan cümleler kurarlar. Dedem sahiden benim yaşımdayken nasıldı çok merak ediyordum.

Bir gün dedemin annesine, dedemin çocukluğunu sordum. Ooooh00000! Neler anlattı neler! Meğer benim süper dedem emzik emmeyi ilkokul ikide bırakmış. Dedemi ağzında emzikle düşünmek gerçekten çok komik. İyi ki zihnimi okuyamıyor, demek ki o kadar da süper değilmiş...

Sen de aile büyüklerinden birinin çocukluğunu araştır ve buraya yaz. **Çok eğleneceksin.**

ATANI İYİ TANI

Bakkalda herkese **"Hoş geldiniz!"** demeye, hal hatır sormaya, müşterilerle iyi iletişim kurmaya dikkat ediyordum. Ama bazen olmayınca olmuyor.

Çünkü anlaşabilmek için, önce anlayabilmen gerekiyor. Cemile Teyze mesela. Bence o bizim çağda yaşamıyor. Atalarıyla birlikte yaşıyor. Konuşurken o kadar çok atasözü kullanıyor ki, söylediğini anlamak, anladığını uygulamak mümkün değil. Şöyle bir konuşmanın sonunun sağlıklı bitmesinin imkânı var mı?

- Deden nerede evladım?

- Kahveye gitti. Niye sordun Cemile Teyze?

- Soran dağları  aşmış, sormayan düz yolda şaşmış evladım.

- Çağırayım mı dedemi?

- Çağırma çağırma, el elin eşeğini türkü çağırarak arar demişler, boşuna mı demişler.

- Bir şey mi alacaktın sen Cemile Teyze? Ekmek mi vereyim?

- Acıkan ne olsa yer, acıyan ne olsa söyler a yavrum, acıyan ne olsa söyler.

- Bir yerin mi acıyor Cemile Teyze yaaa? Anlamadım ben seni.

- Eeee anlayana sivrisinek saz, anlamayana

davul zurna az. 

- Sinek ilacı mı vereyim? Onu mu istedin?

- A aaa! Şuna bak sen! Dalga geçiyor benimle. Eeeee ne demiş atalarımız, kurt kocayınca köpeğin maskarası oluyor işte, diyor ve çekip gidiyor.

Ben henüz kendisine bir şey satmayı başaramadım. Tam olarak ne istediğini anlamak **mümkün değil çünkü.** Atalarımız bütün sözlerini Cemile Teyze için söylemiş. Ben ata olsam kesinlikle bu kadar çok söz söylemezdim, diye düşünürken kafamda bir şimşek çaktı. Bir gün biz de birilerinin atası olacağız! 500 yıl sonra gelecek nesiller, bizden atalarımız diye bahsedecekler. Öyleyse ben de atasözü yazarım, Cemile Teyze'nin torunlarının torunlarının torunlarının torunları da benim sözlerimi söylerler!

"Harika fikir!" dedim ve hemen defterimi çıkartıp yazmaya başladım.

Bir tane atasözü yazacağım diye, akla karayı seçtim. O kadar atasözünü atalarımız nasıl söylemiş, anlamadım. Doğru söylemişler, gerçekten de davulun sesi uzaktan hoş gelirmiş. Sonra bir baktım aynı Cemile Teyze gibi konuşuyorum. Sahiden de üzüm üzüme baka baka kararıyormuş bak. Bütün gün düşündüm ve gelecek nesiller için ilk atasözümü yazdım.

"Cemile'ye uyma, kendini düşünürken bulma."

Hadi sen de yaz bir tane:

....

....

....

....

....

....

....

....

....

....

....

....

KÜLAHIMA ANLAT!

Eski gazete kâğıtlarından ve kullanılmış A4 kâğıtlarından, **külah** yapmak bakkaldaki temel görevlerimden biriydi. Bu külahların içerisine çekirdek, leblebi, çivi, perde tokası falan doldurur ve bir çeşit kese kâğıdı olarak kullanırdık. Külahlardan birini her zaman yanımda bulundurur, inanmadığım bir şey duyduğumda külahı uzatır ve **"Sen bunu benim külahıma anlat!"** derdim. Aslına bakarsan külahıma anlat deyimindeki külah, bu külah değil. **Buradaki külah, eskiden giyilen bir tür başlık, şapka!** Ama olsun, yine de kendi kendime güldüğüm süper bir espriydi bence. Kendi kendime güldüğüm zaman babam hemen kızar ve "Kendi kendine gülüp durma, mühim olan insanları güldürebilmek" der. Ben ona katılmıyorum. Bence mühim olan **insanın kendi kendine eğlendirebilmesi** ve yine bence "külahıma anlat" deyip çekirdek külahı uzatmak **harika** bir espri.

Şimdi senin görevin geliyor. Elinde bir tane müsvedde yani kullanılmış A4 kâğıdı var, bununla neler yapabilirsin?

1- Katlarsın ve uçak yapabilirsin.

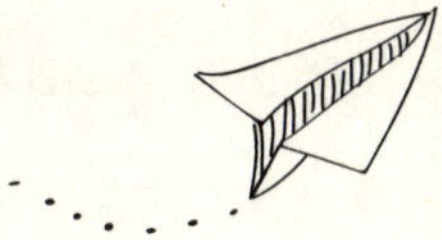

2-

3-

4-

5-

6-

7-

8-

9-

10-

DEYİMLER

Haftada bir gün bakkalın önüne küçük bir tezgâh kuruluyor, Necati Amca sebze meyve satıyor. Dedeme bunu bin kere söyledim, bakkalın önüne bir tezgâh daha koyalım, kendimiz satalım sebzeyi, meyveyi. Hem haftada bir gün olmaz, her gün olur. Böylece her gün satış yapılır, müşteriler daha mutlu olur, her istediğinde sebzeye meyveye ulaşır dedim. Ama "Biz manav değiliz, bakkalız, her şeyi biz satarsak başkaları nasıl para kazanacak?" dedi. İyi, kendi bilir.

Benden söylemesi...

Tabii bu arada Necati Amca her hafta sebze meyve tezgâhını kurup satış yapmaya devam ediyordu. Ben de bakkalın kapısından ona bakıyordum.

Birkaç gün önce dedem ilk kez bir müşterinin arkasından konuştu. Normalde hiç yapmaz. Ama Nevriye Teyze dedemi o gün o kadar bunalttı ki dedemin resmen nevri döndü, arkasından "Armudun sapı, üzümün çöpü derken hiçbir şey beğenmiyor!" dedi. Haklıydı, hiçbir şey beğendirememiştik.

Bir hafta sonra Necati Amca yine geldi, tezgâhı kurdu. O sırada ezan okundu ve camiye gitti. Giderken bana "Ufaklık! Benim tezgâha da bakıver!" dedi.

Ufaklık mı? Bana? Acayip sinir oldum. Hem gel bakkalımızın önüne tezgâh kur, hem bana ufaklık de, hem de tezgâhı bana bırak... Ama emir büyük yerden geldi. Dedem de camiye giderken, "Nöcotu'nun tözgahı böklö" dedi. İyi dedim, bekleriz. Manavım ya ben, beklerim!

Sonra baktım, karşıdan Nevriye Teyze geliyor. Birden bire dedemin söyledikleri aklıma geldi. Armudun sapı, üzümün çöpüüüüüü.... Nevriye Teyze gelene kadar tezgâhtaki bütün **armutların saplarını koparttım, üzümlerin çöplerini ayıkladım.** Mis gibi oldu. Artık bahane bulamazdı meyvelere... Tezgâha gelince "A aaa! Böyle üzüm mü olur, armut mu olur?" dedi, almadan gitti. Çöpsüz üzümlerle, sapsız armutlar tezgâhta öylece kaldı.

Necati Amca gelince gözlerine inanamadı. 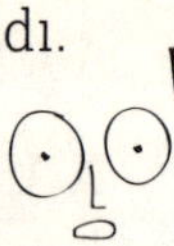

"Niye yaptın evladım, niye mahvettin üzümleri, armutları?" dedi.

Ya bu insanlara iyilik de mi yaramıyor anlamıyorum ki! Eve gidince dayıma anlattım. Meğer o deyim öyle demek değilmiş, hiçbir şeyi beğenmeyenler için kullanılıyormuş.

Ben nereden bileyim?

Sen de üç tane deyim öğren ve ne anlama gel-
diğini buraya yaz. Deyimler önemlidir, doğru
öğrenmezsen başın belaya girebilir.

RADYO PROGRAMI SUN!

Bakkal beklerken televizyon izlememe izin yoktu. Dedem televizyonu çok yukarıya kaldırmıştı ve açıp kapatmak için boyum yetişmiyordu. Ama radyoya ulaşabiliyordum. O yüzden radyoda şarkı dinliyor ve dedemin olmadığı zamanlarda bazen radyoyu arayıp kendime şarkı ısmarlıyordum. **"Sevgili dinleyiciler, sıradaki şarkımız Bakkal Dedesinden dünyanın en mükemmel çırağına geliyor! Ahhhh bu hayat çekilmez, seeeen olmasan canıııım..."** Tabii bu benim bakış açıma göre bir şarkı. Dedemin bana bu şarkıyı söylemeyeceği **kesin...** Bazen de kendimi bir radyo programcısı olarak hayal ediyordum, elime bir tarak  alıp mikrofon gibi tutuyor ve kendi radyo programımı yapıyordum.

Hadi sen de dene. Bir radyo programı metni yaz. Sen spiker olsan nasıl sunardın?

"Sevgili dinleyiciler...

KENDİ KULÜBÜNÜ KUR

Bir gün arkadaşlarımla otururken aklıma harika bir fikir geldi ve Tersten Okuyanlar Kulübü'nü kurdum. Kulübümüze de Netsret Ralnayuko Übüluk adını verdim. Birbirimizin isimlerini tersten söylüyor ve öyle sesleniyorduk. Nimreş, Nanis, Aylüh, Temhem falan.

Sen de kendi kulübünü kur ama önce **kendi başvuru formunu** hazırla. Kulübüne katılmak isteyen arkadaşların bu formu doldursun ve kulübe üye olsun.

Muhtemelen yetişkinler de kulübüne üye olmak isteyeceklerdir. Onlara yandaki formu doldurmalarını söyle. Yetişkinler form doldurmaktan nefret ederler. **Kesin sıkılıp bırakırlar.**

NETSRET RALNAYUKO ÜBÜLUK

Başvuru Formu

Adınız soyadınız:..

Anneannenizin kızlık soyadının sondan ikinci harfi:..

Babanızın ilkokul numarası:..

*Eniştenizin ayakkabı numarası:....................................

*Gömleklerinizdeki toplam düğme sayısı:...............

(*Doldurulması zorunlu alanlardır.)

Uyarı: İmlâ hatası bulunan formlar kabul edilmeyecektir.

DİLEK AĞACI

Balta İsmail'i bizim orada herkes tanır. Yani İsmail'i tanımıyorsa bile en azından **baltasını** tanır. Çünkü İsmail sürekli sırtında kocaman bir baltayla geziyor. Bu onun iş aleti. Odun keser, tamir yapar, ağaç budar...

Bizim bakkalın önündeki ağacı da Balta İsmail buduyor. Ağacın üstünde sincap gibi daldan dala atlayıp güzelim dalları kesip atıyor. Çünkü eğer ağacı budarsak ağacın ömrü uzarmış, verimi artarmış. Balta İsmail öyle dedi.

Gölge yapan bir ağaç o, meyvesi yok. Dallarını kesersen gölgesi azalır, nasıl verimi artsın? Bunu sordum ama bana ters ters baktı. Elinde baltası olduğu için çok üstüne gitmedim.

O gittikten sonra aklıma şahane bir fikir geldi.

Hazır budanmış ağacımız var, nasıl olsa gölge de yapmıyor artık, ona bir görev vereyim diye düşündüm. Ağaç da olsa boş durmaması lazım. Bakkalın önündeki budanmış ağacı, şahane bir dilek ağacına çevirdim.

Bakkalda bir sürü kurdela vardı, onları küçük küçük kestim. Uzun Murat nasıl olsa bakkala gelirdi. Onu bekledim. Ve on dakika sonra geldi. Ne zaman aklıma bir fikir gelse, fikrimi gerçekleştirmek için bütün şartlar resmen kendi kendine sağlanıyordu. Uzun Murat gazoz kasasının üzerine çıkıp kurdelaları bağlamaya başladı. "Bu bir dilek ağacı Murat, her bağladığında bir dilek dile" dedim. İlk birkaç dilek güzeldi. **"İyi bir basketbolcu olayım!"**

"İyi bir bisikletim olsun."

"Bir gün bir arabam olsun" **falan dedi.**

Yetmişinci kurdelayı bağlarken artık **"Başıma sinek konmasın. Karpuzun suyu akmasın!"** falan gibi geçersiz dilekler dilemeye başladı.

Ama hakkıydı, resmen bir dilek ağacı kuruyorduk.

İşimiz bittiğinde bakkalın önü rengârenk oldu. Kocaman bir kutunun üzerine,

"Dilek ağacının kurdelalarını uygun fiyatla bakkaldan temin edebilirsiniz."

yazdım. Resmen kendi kendime harika bir pazar yaratmıştım. Dedem kesin bayılacaktı.

Bayıldı ama, **sinirden bayıldı.**

"Çocuğum sen niye böylesin, ne işi var dilek ağacının burda, sen milleti mi kandırıyorsun, cin cücüğü müsün sen?"

falan diye bağırırken tansiyonu çıktı. Kolonya falan döktüler, kendine geldi. Kolonyayı ben dökerken israf oluyor, o dökerken kimse bir şey demiyor.

Adaletsizler ya, gerçekten adaletsizler.

Neyse sonunda o kurdelaların hepsini bana tek tek söktürdü. Daha ben bir sürü dilek dileyecektim. Ben de dileklerimi sökerken diledim. Nasıl olsa **netsret ralnaşunok übüluk başkanıydım,** ben de dileklerimi **tersten** diledim.

Bu senin dilek ağacın! Bıraktığım boşluklara dileklerini yaz.

İster tersten, ister düzden, sen bilirsin.

Onu da mı ben düşüneyim?

BURASI SENİN BAKKALIN

Burası senin bakkalın. İsmini sen koy ve bakkalın duvarlarına istediğin yazıları yaz. Ben bir keresinde bakkalda kitap satmış ve slogan olarak **"Kitap ruhun gıdasıdır"**  yazmayı düşünmüştüm. Ama öyle yazarsam mutlaka yanlış anlayan, bakkaldan kitap alıp çikolata almayanlar çıkar diye **"KİTAP RUHUN GIDASIDIR, AMA SEN ÇİKOLATA DA AL"** yazmıştım.

Sen istediğini yaz tabi, sonuçta DÜKKÂN SENİN.

ismini sen koy

İÇİNDE HİÇ A HARFİ OLMAYAN CÜMLE KUR

Şaşkın Necmiye'ye, Şaşkın Necmiye demek istemezdim. Gerçekten. İnsanlara lakaplar takmanın son derece yanlış olduğunu biliyorum. Ama resmen beni kendisi **zorluyor!** Bir insan her şeye bu kadar mı **şaşırır?**  Böyle bir diyalog mu olur?

Şaşkın Necmiye: Ekmek taze mi?

Ben: Yooo, değil.

Şaşkın Necmiye: **Aaaaa!**

Ben: Bugün ekmek bitti, dünkü ekmeklerden var.

Şaşkın Necmiye: **Yaaaa!**

Ben: Ekmek yerine pasta veriyoruz. 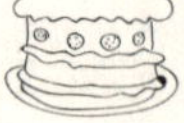

Şaşkın Necmiye: **A aaaa!**

O bakkala geldiğinde, "a" harfine doyuyordum. O kadar çok "aaaaaa" diyordu ki, bir süre "a" harfini duymak istemiyordum. Duymamam için söylememem de gerekiyordu. O yüzden o gelip gittikten sonra içinde hiç a harfi geçmeyen cümleler kurarak vakit geçiriyordum. Mesela şöyle;

"Bir gün bir dostum ve ben gözlükçüye  gittik. Gözlükçüye gözleri zor gören bir köpek ve genç bir erkek girdi. Gözlükçü 'Biz köpeklere gözlük vermiyoruz' dedi. Köpeği getiren kişi de 'Biz de lens isteriz' dedi."

Hikâyenin sonunu merak etmene **gerek yok.** Konumuz bu değil. Konumuz **metnin içinde hiç 'a' harfi olmaması.**

Sıra sende. İçinde hiç a harfi olmadan birkaç cümle kurabilir misin?

NASIL BULMAK İSTİYORSAN, ÖYLE BIRAK!

Bakkalda kesin bir kural vardır. O da şu:

MÜŞTERİ HER ZAMAN HAKLIDIR. Dedem buna inanmış bir kere. Değiştiremiyorsun. Remziye Teyze'yle olanlara bakar mısın?

İki kilo pirinç istedi, doldurdum. Bir kilo olsun dedi, birini geri boşalttım. Sonra karar değiştirip yarım kilo daha koy dedi. Koydum. Sonra "Gerçi ha bir buçuk kilo, ha iki kilo. İki olsun hadi, yarım kilo daha koy" dedi.

Ben de "Git, kararını verince yeniden gel!" dedim. O da ben ona öyle dememişim gibi, gidip beni dedeme şikâyet etmiş. Dedeme zaten bana kızmak için bahane lazım. Bahaneyi Remziye'den aldığı gibi, bana geldi. Tam yarım saat konuştu. Sessizce dinledim. O gün, Remziye Teyze'yi hayalimdeki kara listeye ekledim.

Hayalimde bir kara liste var, beni üzenleri oraya yazıyorum. İlk sayfası doldu bile, ikinci sayfaya geçtim. **Remziye Teyze'nin** hemen altında da sevgili torunu **Hakkı Mert** var. Hakkı Mert kadar şikâyetçi bir çocuk görmedim. Aynı babaannesine çekmiş. Arkadaşız ve aynı gruptayız. Ben çikolata yerken bakkala geliyor, sırf arkadaşım diye Hakkı Mert'e de azıcık ikram ediyorum. Sonra dedem geliyor. Hemen **"Hacı Amcaaaaa, biz çikolata yediiiiik, hem de parasız!"** diyor. Bisikletine biniyorum, hemen Kahveci Dedeme gidiyor, **"Benim pisikletimi aldıııı, pisikletimi aldııı!"** diye gürültü yapıyor. Kahveci Dedem hiç sevmez gürültüyü. Sadece o değil, hiçbir dede sevmez. Bisiklet karşılığında bedava oralet alıyor dedemden. Bence Hakkı Mert'in ciddi bir çene problemi var, tutamıyor.

İçimden bazen Hakkı Mert'i acayip derecede birilerine şikâyet etmek geliyor. Annesine şikâyet edebilirim mesela.

Fehime Abla bakkala geldiğinde şunu desem, **Hakkı Mert biter!**

"Fehime Abla biliyor musun? Hakkı Mert, hep babaannesiyle bakkala gelip 'Annem bana hiçbir şey almıyor babaanne, sen al, ben seni annemden daha çok seviyorum' diyor." desem Hakkı Mert bir daha sokağa bile çıkamaz. Ama yapmıyorum. Neden? Çünkü okuma yazmam var ve düşünebiliyorum.

Şöyle:

Bizim okulun da kesin kuralları var. Kuralsız yer mi olur? Tuvalette bile kurallar var. Tuvalet kapısına kocaman bir tabelayla "Nasıl bulmak istiyorsan, öyle bırak!" yazmışlar. Klozete oturunca o yazıyla göz göze geliyorum. Sonra düşünmeye başlıyorum. Acaba tuvaleti nasıl bulmak istiyorum? Mesela içeride bana bırakılmış özel bir hediye bulsam çok mutlu olurum. Ne bileyim, duvarlarını rengârenk bulsam çok şaşırırım. Ya da klozetin içine toprak doldurulmuş ve çiçekler açmış olarak bulsam çok güzel olur. Şimdi böyle mi bırakayım yani tuvaleti?

"Nasıl bulmak istiyorsan, öyle bırak!" sloganını görünce nedense aklıma Hakkı Mert geldi. İçimden alayım şu tabelayı Hakkı

Mert'in boynuna asayım dedim. "Hakkı Mert! Arkadaşlarının sana nasıl davranmasını istiyorsan, sen de öyle davran" diye çekeyim kulağını. Ama yapmadım. Uslu durmak için elimden geleni yapıyorum. Tuvaletimi yapıp sifonu çektim, ellerimi yıkayıp çıktım.

Eve gidince hemen defterimi çıkarttım. Gerçek hayatta yapamadıklarımı defterime yazdığımda kendimi daha iyi hissediyordum. Hakkı Mert, Dedem, Annem, Gıcır Şükriye, Remziye, Şükran, Mürüvvet falan sayesinde yazar olacaktım bu gidişle. Yeni bir sayfa açtım ve,

"SANA YAPILMASINI İSTEMEDİĞİN ŞEYLERİ BAŞKASINA YAPMA!"

yazdım ve maddelerimi sıraladım.

A- Her konuya aileleri karıştırma. Ağzın var, dilin var, aklın var. Düşün, taşın, arkadaşlarınla olan anlaşmazlıkları kendin çöz.

B- Eşyalarını paylaşmayı öğren. Hemen "Pisikletiiim, pisikletiiim!" diye bağırma.

Diğer maddelere sen devam et.

Sana yapılmasını istemediğin davranışlar neler?

USLU GÜN

Genelde herkes **çok konuştuğumdan ve yaramazlığımdan şikâyetçi**. Oysa bana hiç de öyle gelmiyor. Bence onlar bunu alışkanlık hâline getirmişler. Yetişkinlerin böyle garip huyları var. Mesela anneannem, esniyor. Esnerken "Ayyy, esnedim" diyor. E gördük zaten esnediğini, niye tekrar söylüyorsun ki? Dedem kendi sırtını kaşırken "Sırtım kaşındı" diyor. Annem tuvalete gideceği zaman kendi kendine "Dur bir tuvalete gideyim" diyor. E git, yani bize neden haber veriyorsun? Biz de mi gelelim? Beni görünce de refleks olarak "Ayyy! Çok konuşuyorsun, ne yaramazsın!" diyorlar. Alışkanlık olmuş onlarda. Benim suçum yok. Yine de bazen bu kadar çok eleştirilmek çok ağırıma gidiyor. Bir gün yine beni "Çok konuşuyorsun, çok konuşuyorsun, ne yaramazsın, bıktık senden!" diye bunalttılar. İçimden bir plan yaptım, tamam dedim, bundan sonra konuşmayacağım. Usluyum Bitti! Kendimi ertesi güne hazırladım.

Sabah kalktığımda yatağımı güzelce topladım. Annem, "Ooo! Yatağını toplamışsın!" dedi. "Evet anneciğim, sana layık bir evlat olmak için elimden geleni yapıyorum" dedim. Gözleri yuvalarından fırladı. Üstümü giyindim, koltuğa oturdum ve ellerimi dizlerimin üzerine koyup beklemeye başladım. Annem bana bakıp "Kalk bana yardım et!" dedi. **"Peki anneciğim, ne yapmamı istersin, derhal yapayım"** dedim. Şaşırdı. Çünkü normalde o daha cümlesini bitirmeden ben kaçmış olurdum. "Git bakkaldan ekmek al" dedi, hemen koşarak gittim. Dedeme, **"Sabah şeriflerin hayırlı olsun dedeciğim, gününüz güzel geçsin, bir ekmek alacaktım"** dedim. Dedem "Tövbe yarabbi, ne oldu sana yavrum, iyi misin?" dedi. "İyiyim dedeciğim, kahvaltımı edip hemen işimin başına geçiyorum" dedim. Bütün gün her istediklerini yaptım. Hiç soru sormadım, hiç karşılık vermedim, kalk demedikleri sürece yerimden hiç kalkmadım. Gıkım çıkmadı. Usluluktan patladım bütün gün. Akşam olunca dedem bize geldi. "Bu çocuğun nesi var, kahroldum bütün gün, böyle mülayim çocuk mu olur?" dedi. Annem, "Ne olursun eski haline dön yavrum benim" diye sarıldı bana.

Gerçekten yetişkinleri anlamak çok zor. Ertesi gün eski hâlime döndüm. Tiyatrocu olsam rolümü çok güzel oynarmışım, onu anladım.

İstersen sen de dene.

Bütün gün uslu çocuk ol. Her istediklerini yap, peki anneciğim, tabii babacığım, derhal anneciğim, elbette dedeciğim, tabii sevgili kardeşim diye şaşırt evdekileri. Sonra da neler olduğunu yaz.

Tüm aileyi eğlenceli bir gün bekliyor.

....

....

....

....

....

....

....

....

....

....

....

....

....

....

....

....

....

ZAMAN KAPSÜLÜ

Kendine bir **zaman kapsülü** hazırla. Şu anda kullandığın eşyalar gelecekte belki de olmayacak ve pek çoğunun tarihî bir değeri olacak.

Ben dedemin bakkalında bulduğum eşyaları saklamış ve bir kutuya koyup kendi zaman kapsülümü hazırlamıştım. İnan bana içindeki ürünleri şu anda bulmak çok zor. Örneğin; jeton, cep tarağı, divit ucu...

Düşün ve zaman kapsülüne koyacağın şeyleri ilk önce buraya **maddele.** Zaman kapsülü kutunu yıllar sonra tekrar açtığında çok şaşıracaksın.

1. Müzik cd'si
2. Oyuncak
3.
4.
5.
6.
7.
8.
9.
10.
11.
12.
13.
14.
15.

BİLMECE UYDUR

Kazım Amca her akşam bakkala geliyor ve her geldiğinde bir **bilmece** soruyordu. Yani, tamam, **ilk zamanlar** hoşuma gidiyordu. Ama Kazım Amca on bilmecede tükendi. Nereye kadar **"Bilmece bildirmece, el üstünde kaydırmaca?"** Artık bütün bilmecelerin cevabını bildiğim için, bana çok sıkıcı gelmeye başladı. Bu sefer ben ona bilmece sormaya başladım. Benim bilmecelerim onunkileri **sol-ladı geçti.** Şu yetişkinler kabul etsinler artık, biz kesinlikle **onlardan daha yaratıcı ve üretkeniz**.

Bak bir tane de sana sorayım.

Bütün gün koltuğunda uyuklar,

Çatık kaşlarıyla üstüme korku salar,

Lazım olduğunda bulamazsın hiçbir yerde

Ya camidedir, ya kahvede

Cevap: Dedem

Hadi bir tane daha sorayım. Bu bilmece böyle bir şey, insanın sordukça sorası geliyor.

Akif suyu diye tutturmuş

Temizlikle kafayı bozmuş

Cevap: Gıcır Şükriye

Sen de **bilmece yazmayı dene** ve bilmecelerini **etrafındakilere sor.**

YETİŞKİNLERDE GÖRDÜĞÜM YALAN YANLIŞ DAVRANIŞLAR

Daha önce 'Çocukların Yetişkinlerle İletişimde Dikkat Etmesi Gereken Hassas Konular' ismini verdiğim ve maddelerini sıraladığım bir defterim vardı. Oradaki maddelerden biri şuydu:

"Yetişkinlerin çocuklara yaptıkları haksızlıkları, hataları görebilirsin. Yine de yüzlerine vurma. İnanmazlar. Çocuksun, görmezden gel. Bırak kendilerini dünyanın en zeki insanları sansınlar..."

Sahiden de öyledir. Yetişkinler de hata yapar, hatta çoğu zaman bu hataların kendilerine söylenmesinden rahatsızlık duyarlar. Hele hele hatayı fark eden bir çocuksa, ohoooo, kendilerini nasıl savunacaklarını bilemezler. O yüzden ben tespit ettiğim hataları onlara söylemek yerine, oturup yazmayı tercih ediyorum. Sonuçta en azından birilerinin hatalarını yüzüne vurarak onları utandırmamam gerektiğini biliyorum.

Maddelerime,

"Yetişkinlerde Gördüğüm Yalan Yanlış Davranışlar"

başlığını koydum. Birkaç tanesini seninle paylaşayım. **Hak verdiklerinin yanına işaret koy, sonra sen kendi maddelerine devam et.**

YETİŞKİNLERDE GÖRDÜĞÜM YALAN YANLIŞ DAVRANIŞLAR

☐ Yalan söylemenin yanlış olduğunu söylerler, ama günde en az iki yalanlarını yakalıyorum. "Beş dakika sonra geliyorum" derler, ama yarım saat sonra gelirler. Dedem mesela bakkalı bana bırakmayacağı zaman kapıya "BEŞ DAKİKA SONRA GELİYORUM" yazıyor. Bir saat sonra geliyor.

☐ Gerçekleştiremeyeceğin sözler verme, derler. Ama bunu en çok kendileri yaparlar. Mesela ben olmayacak yerde olmayacak şekilde konuştuğumda, annem bana "Susarsan, seni lunaparka götüreceğim. Söz!" diyor. Ama o lunaparka bir türlü gidemedik. **Ben konuşmayayım da kimler konuşsun?**

☐ Ödevlerini zamanında yap, erteleme derler, ama kendi görevlerini hep ertelerler. Mesela bir şey istiyorum. "Tamam yavrum sonra alırız" diyorlar. **Sonra? Ne zaman? Sonra yok!** Bu yalan değil mi? Valla bence yalan.

☐ İnsanların arkasından konuşmanın yanlış olduğunu söylerler. Ama eve misafir gelince sadece başkaları hakkında konuşuyorlar. Şimdi bu yanlış değil mi? Bence çok yanlış. Ama şimdi söylesem, kesin benim arkamdan da konuşurlar.

BİYOGRAFİ YAZARI OL!

Yetişkinler arasında en çok **yaşlıları** severim. **(Tabii bazılarını.)** Onların hayat hikâyelerini dinlemeye bayılırım. **Hayatları gerçek bir masal gibi.** Bizden çok farklı bir zamanda yaşamışlar, o yüzden bizim yaptığımız çoğu şey onlara çok garip geliyor.

Kendine bir **yaşlı seç.** Hayır, delirme. Tabii ki de annen baban olmaz. Onlara yaşlı dersen başına neler gelir bilemem.

Ondan **hayat hikâyesini** dinlemek istediğini söyle. Dinlediğin hikâyeyi buraya yaz. Böylece onun kısa bir biyografisini yazmış olacaksın.

Bu alana biyografisini yazdığın kişinin portresini çizebilirsin. Çok zor gelirse, vesikalık fotoğraf da yapıştırabilirsin.

OTOBİYOGRAFİ YAZ

Bir de otobiyografi var. Yani kendi hayat hikâyeni yazmak... Ben bir kez yazdım, harika bir yaşam hikâyesi oldu. Kaynak olarak annemi, babamı, anneannemi, babaannemi, dedemi, teyzelerimi, halamı, dayımı, amcamı falan kullandım. Benimle ilgili öyle anılar anlattılar ki aklım durdu. O hikâyeleri biyografime yazsam bu daha çok bir korku hikâyesi olurdu. O yüzden dinlediklerime **birazcık yorum kattım**.

Mesela şöyle.

Teyzemin söyledikleri:

"Hayatımda böyle bir bebek görmemiştim. Durmadan ağlıyor, saçımızı çekiyor, gece yarıları çığlık atarak uyandırıyordu. Bebeğe sırayla bakıyorduk, sıra bana gelmesin diye dua ediyorduk. 4 yaşına geldiğinde hepimiz uykusuzluktan ölmek üzereydik. Biz ne yaptık da Allah bu çocuğu böyle yarattı diye düşünüyorduk."

Benimle ilgili anılarına bakar mısın? Kesin gerçek değildir, gerçek olsa bile insanın yüzüne söylenir mi bunlar? Ben de aldığım notları temize geçerken ufak tefek **editör düzeltmeleri** yaptım.

OTOBİYOGRAFİM

"Hayatımda böyle bir bebek görmemiştim. Melek gibiydi. Günün büyük kısmını uyuyarak, oyun oynayarak ve uslu uslu oturarak geçiriyordu. Bebekle sırayla oynuyorduk. Sıra bana gelsin diye can atıyorduk. 4 yaşına geldiğinde hepimiz büyük bir mutluluğun içinde yaşıyor gibiydik. Allah evimize küçük bir mutluluk meleği bahşetmişti."

Kesinlikle harika bir otobiyografi oldu, tamamını okusan bayılırsın...

Şimdi sıra sende. Kendi **otobiyografini** yaz.
Küçük düzeltmeler yapabilirsin ama.

ÖZ ELEŞTİRİ

Şimdi sen otobiyografimi düzelttim diye benim eleştiriye kapalı olduğumu düşünebilirsin. Düşünme. Yeri geldiğinde öz eleştiri de yapabiliyorum.

Ailemden en sık duyduğum soru "Evladım sen niye böylesin?" Cevabını bilmiyorum. Yani aslında ben NORMAL biriyim. Belki de onlar çok sinirliler, bilemiyorum ki.

Bakkalda **fakirlere ürün satıp zenginlerin hesabına yazmam, sevmediğim müşterilere kafama göre zam yapmam, canım istediğinde arkadaşlarımı çağırıp bakkalın kapısını içeriden kilitleyip parti yapmam falan** bence kızacak şeyler değil. Hata mı şunlar Allah aşkına? Tabii bazı ufak tefek hatalarım oluyor, onları kabul ediyorum. Mesela birini paylaşayım.

Dedem bir gün bakkalı bana bırakıp pazara gitti. "Bırakma!" dedim. "Biz pikniğe gideceğiz arkadaşlarla, ben bekleyemem" dedim. "Piknik mi daha önemli bakkal mı?" dedi. "Bakkal" dedim ilk etapta. Sonra gitti. O gidince soruyu kendime çeşitli şekillerde tekrar sordum.

Bakkal mı daha önemli, piknik mi?

Piknik bakkaldan daha mı önemli?

Önemli olan bakkal mı, piknik mi?

Bakkal piknikten daha mı önemli?

Son soruya **"HAYIR"** cevabını verdim. Düşününce pikniğin daha önemli olduğunu **herkes** kabul ederdi. Bakkalın kapısını hızlıca kilitledim, anahtarı da cebime attım, piknik çantamı kaptığım gibi arkadaşlarımın yanına koştum.

Saatlerce **ip atladım, top oynadım, sırtını pire basmış köpek gibi yerlerde yuvarlandım.** Sonra bakkala döndüm. Dedemi, babamı, annemi ve çeşitli müşterileri bakkalın önünde beklerken buldum. Kimse bir şey demedi. Donuk gözlerle baktılar bana. İlk konuşan dedem oldu. **"ONOHTORU VÖR"** dedi. Elimi cebime attım. **Anahtar yok!** Düşmüş... Kaybolmuş. Başka da anahtar da yok...

Arkama bakmadan kaçtım. **İki** gün babaannemin evinde hasta numarası yapıp yattım. Bizimkiler, piknik yaptığımız yerde saatlerce anahtar aramışlar, sonunda salıncak kurduğumuz ağacın altında bulmuşlar.

Şimdi özeleştirimi yapıyorum. **Hatalıydım.** Pikniğe giderken **anahtarı yanımda götürmem**

BÜYÜK HATAYDI.

Kapıyı açık bırakıp gitsem, bunlar başımıza gelmezdi...

Sen de bir özeleştiri yap ve kabul ettiğin bir **yanlış** davranışını buraya yaz.

ŞANSA BAK!

Bazı insanlar gerçekten **çok takıntılı** oluyor. Mesela bakkala gelen bir adam vardı. **Uğurlu rakamı üçmüş.** O yüzden her şeyden 3 tane alırdı. Bir ekmek alması gerekirken, uğurlu rakamı üç olduğu için üç tane alır, sonra bakkala tekrar gelir ve diğer ikisini geri iade ederdi. Müşterilere bir şey satmak zaten zordur, bu adamdan bir de sattığımı geri alıyor, iyice yoruluyordum. **Garip insanların hepsi de beni buluyordu.**

Bir keresinde ambalajının üzerinde üç yapraklı yonca resmi olan **bir tuvalet kâğıdı**  gelmişti bakkala. Bazı kadınlar dört yapraklı yonca olmazsa almayız diye tutturup o tuvalet kâğıtlarından almadılar.

Dört yapraklı yoncanın uğur getirdiğini o gün öğrendim. Gidip bahçede dört yapraklı yonca aradım ama bulamadım. Ben de **dört tane yonca yaprağını birbirine yapıştırdım.** Al sana dört yapraklı yonca!

Çıkıp biraz dört yapraklı yonca ara.

Bulursan ne âlâ... Bulamazsan **hava almış** olursun. Benim gibi yap, dört tane yaprağı buradaki şeklin üzerine yapıştır ve kendi şanslı gününü yaşa.

İnsanlarla sohbet et ve uğurlarını öğren.
Onları buraya yaz.

Kişi	Uğuru
Bakkal Dedem	Futbol maçlarından önce çiftetelli oynarsa takımının galip geleceğine inanıyor.
Sınıf arkadaşım Fırat	Sınavdan önce burnunu karıştırırsa sınavının iyi geçeceğine inanıyor ve sınavı iyi geçsin diye bu iğrençliği izlemek zorunda kalıyoruz.

KÖTÜ GÜN PLANI

Kötü gün planı yapmayı çok severim. Bazen gerçekten ihtiyaç oluyor. En sıkı kötü gün planım "Ya bakkala hırsız girerse ne yaparım?" planıydı. Çok süper bir plan yapmıştım.

Planıma göre hırsızlarla karşılaşınca onlara **"Hoş geldiniiiiiz, buyrun, bir gazoz açayım, dinlenin, sonra gidersiniz"** diyecektim. Sonuçta tatlı dil yılanı deliğinden çıkartıyorsa, hırsızı da bakkaldan çıkartırdı. Yani bana göre güzel bir plandı ama hırsız ben yokken geldi!

ŞİMDİ SENİN KÖTÜ GÜN PLANINI GÖRELİM.

Okulda **aşırı** delirdiğiniz ve arkadaşlarınla birlikte, öğretmeninizi çileden çıkarttığınız bir günün sonunda eve geldin. Öğretmeninle okul müdürünü salonda annenle otururken buldun.

(Bundan daha kötü bir gün hayal edemedim.)

Ne yapardın?

KÖTÜ GÜN PLANIM

YAPABİLİRİM !

Bakkalı tek başıma idare edebileceğime olan **inancım tamdı.** Dedemin yaptığı her şeyi kesinlikle yapardım. Ama onlara göre yapamazdım. Bakkalı ben idare ederim deyince annem "Sen en önce odanı topla" dedi. Onunla bunun ne alakası varsa artık... "Sırtıma çantamı atıp bütün ülkeyi baştan başa gezebilirim" dediğimdeyse, "Git bana mutfaktan su getir" dedi. Yani tamam, belki söylediklerimi yapamam, ama **yapabileceğim dünya kadar şey var.**  Onlar inanmasa da **ben biliyorum.** O yüzden sürekli kendi kendime, **yapabileceklerim listesi** yapıyordum.

Bence sen de kendi yapabileceklerini fark etmelisin. Hazırsan bir liste yapalım.

Yapabilirim listesi

BİZİM NEYİMİZ EKSİK?

Bir gün bizimkilerle birlikte gezmeye gittik. Gezmek dediysem, yanlış anlama. Bizimkiler için gezmek asla gerçekten gezmek demek değildir. **İlla bir işleri vardır,** onları yaparlar, ben de yanlarında yürürüm. O zaman gezmiş oluyoruz. Önce hastaneye uğrayıp babaannemin ilaçlarını yazdırdık, sonra eczaneye gidip ilaçları aldık. Polis Fikret Amca, köyden yumurta istemiş, onu bıraktık. Et alacaklarmış, kasaba uğradık, babamla kasap bir saat sohbet etti, onları dinledim. Oradan manava gittik, annem kısır yapacakmış, yeşillik aldık. Gezimiz tamamlandı ve geri döndük.

Dönüşte düşündüm, herkesin üniforması var, ama bizim yok. Doktorla eczacı beyaz önlük giyiyor, kasap kırmızı önlük takıyor, manav mavi önlük takıyor, Fikret Amca üniformalı... Biz de bakkalız güya! **Bizim neyimiz eksik?** Bizim niye üniformamız yok? Sonra birdenbire "Bana beyaz gömlek alalım!" diye tutturdum. Yerine dondurma alalım, oyuncak alalım, şeker alalım gibi gereksiz önerilerde bulundular, **ama kanmadım.** Beyaz gömleğimi aldırdım.

Eve gidince keçeli kalemle üzerine **"Kaya Bakkaliyesi"** yazdım. Sonra baktım, çok sade oldu. Ben de altına **"Dünyanın en süper marketi"** yazdım. Ama yine de sade oldu. Onun da üstüne **"Dünyanın en sevgi dolu süper marketi"** yazdım. Sevgi dolu deyince, aklıma kalp çizmek geldi. Gömleğimin her tarafını **kırmızı kalplerle** doldurdum. ♥

O sırada kapıdan içeriye annem girdi ve yeni aldığı

gömleği o halde görünce bayılacak gibi oldu. O bayılmadan evden çıkıp bakkala gittim. Dedem, kesin çok beğenir diye düşündüm. Sonuçta **her şey onun içindi,** müşterilere daha iyi hizmet vermek için elimden geleni yapıyordum.

Fakat beni görünce, "Sen ne giydin öyle? Palyaço gibi olmuşsun" dedi.

Oysa ben **aynısından dedeme de yapmayı planlıyordum...**

Sen de dene! Bu sayfadaki TİŞÖRT, kendi tasarımını yapman için. Önce bunun üzerinde çalış, yaz çiz, boya, karala.

Eğer beğenirsen gerçekten tişörtünün üzerine aynısını uygularsın.

Gerçi annen bu duruma ne der, bilemiyorum. Neyse ben aranıza girmeyeyim.

Annem
çok seviorum

İYİMSER & KÖTÜMSER

Bazı insanlar **iyimserdir** ve bazı insanlar da **kötümser.** Ben iyimser biriyim. Mesela bakkalda bazen ekmek biter ve yeni ekmek gelmez. O zaman ben müşterilere **"Ekmek yok ama pasta yiyebilirsiniz"**  gibi espriler yapıp güldürmeyi denerim. Çünkü ben bir iyimserim. Ama kimse gülmez. Hele dedem hiç gülmez. Çünkü o bir kötümser.

"Ökmök yok, ünsanlar oçluktan ölsün mü? Bön güdüp fürundan ökmök bulup gelöyüm" der. Yani sanki bir gün ekmek yemedi diye, insan açlıktan ölür mü?

Aynı olaya iyimserin ve kötümserin bakışı farklı oluyor işte. Denemek ister misin?

Olay	İyimser ne der?	Kötümser ne der?
Yeni elbiselerini giydin ve birdenbire yağmur yağmaya başladı.		
Tam ödev yapmaya başladın ve misafir geldi.		
Okula gittin ve o gün okulun tatil olduğunu öğrendin.		
Dışarıdasın, saatini evde unutmuşun ve saatin kaç olduğundan haberin yok.		

KELİME ARAŞTIRMACISI

Bazen güne bu oyunla başlıyordum. O gün ilk duyduğum kelimeyi bir deftere yazıyor ve o kelime hakkında etraflıca bir araştırma yapıyordum. Bir sabah gözümü **"Tavuuuuuuk!"** kelimesiyle açtım. Gerçekten. Komşunun tavuğunu tilki kapmış, komşumuz da **"Tavuuuuk, tavuuuuk!"** diye bağırıp duruyordu. Şanssız günümdeyim, tavukla ilgili ne bulabilirim ki diye düşündüm ama hiç de öyle olmadı. Bak neler öğrendim:

*** Tavuklar yirmi dört buçuk saatte bir yumurtlar.**

*** Erken yatan insanlara "Tavuk gibi erkenden yatıyorsun" derler.**

*** Tavuklar güneşi kullanarak yönlerini bulabilirler.**

*** Tavuklar renklerin tamamını görebilirler.**

*** Gördükleri bir objeyi hafızalarında tutabilirler.**

Sen de kendi kelimeni seç ve o kelime hakkında öğrenebildiğin kadar çok bilgi öğren. Bunun için bir kitaptan ya da ansiklopediden rastgele madde seçebilirsin.

ŞÜPHELİ ÇANTA

Annem hep **"Emanet büyük yüktür!"** der. Kendisine çok az konuda katılırım ve **bu katıldığım konulardan biri.** Dedem bakkalı bana emanet ettiğinde çok geriliyorum. Zaten bakkalı ben bekliyorum, o zaman bir şey olmuyor ama bazen bakkaldan çıkarken "Dökkan sona ömanöt!" diyor. İşte onu duyunca tüylerim diken diken oluyor. Onu demese bir şey olmayacak, ama onu dediği günler çok hata yapıyorum. **Başıma olmayacak işler geliyor.**

Bir gün dedem yine "Sona ömanöt!" dedi ve pazara gitti. Hah dedim, **bakalım bugün bizi neler bekliyor?**

Öğlene kadar hiçbir şey olmadı. Çok şaşırdım. Acaba var da ben mi göremiyorum diye çıkıp kapının önünde **bela aradım ama yoktu.** Bakkala ve çevresine büyük bir sessizlik hâkimdi. Kuş uçmuyor, yaprak kımıldamıyor... Hiç olmadığı kadar sakin bir gün yaşanıyor bakkalda. Tam içeriye girecekken gözüme bir şey takıldı... **BİR ÇANTA!** Ve tek başına! Ve yanında kimse yok! Ve ağacın arkasında!

Saklanmış! Bir çanta kendi kendini saklayamayacağına göre, biri çantayı oraya saklamış! Resmen **şüpheli paket!** Kesin içinde saatli bomba var diye düşündüm. Hemen bakkala koştum, jandarmayı ve polisi aradım. İkisi de gelsin. Hızlı olmam gerekiyordu, çok izahat veremedim.

"BAKKALDAN ARIYORUM. ÇOK ACİL YARDIM GÖNDERİN. BURASI TEHLİKE ALTINDA. ŞÜPHELİ BİR ÇANTA VAR, ÇOK ACİL YARDIMA GELİN!"

dedim ve koşarak bakkaldan uzaklaştım. Koşarken bir ara yavaşlayıp bir avuç çekirdek  almayı ihmal etmedim. Sonuçta olayları uzaktan izleyeceğim, **boğazım boş mu dursun?**

Koşarak kendimi koruma altına alabileceğim ama bakkalı da görebileceğim bir yere gittim. Çekirdeklerimi çitlemeye ve polisle jandarmayı beklemeye başladım.

Derken karşıdan biri göründü. Ağır adımlarla yürüyor ve bakkala doğru geliyor.

"Hüseyin Abiiii! Yaklaşmaaaa, bomba oooo! Yaklaşmaaaa!" diye bağırdım, az kalsın çekirdeklerimi döküyordum, ama sesimi duyuramadım. Çantaya doğru yaklaştı, çantayı sırtına aldı ve yürümeye başladı. O sırada jandarma ve polis aracının sesi duyuldu. Hüseyin Abi ne olduğunu anlamadı. Jandarmayla tokalaştılar.

"Ben de askerim, izne geldim, geri dönüyorum. Evde kimliğimi unutmuşum. Çantayı şuraya bıraktım, eve gidip geldim" dedi. Çantaya bakmadılar bile. Onlar birbirlerine sarılıp vedalaşırken dedem geldi. Polisle jandarma dedeme "Yahu bizi de korkuttunuz hacı abi, geçmiş olsun!" dediler.

Çekirdeklerim bitince saklandığım yerden çıktım.

Dedem kaşlarının altından "Yarım saat bakkaldan ayrılıyorum, hemen olay yerine çeviriyorsun burayı be evladım, ne biçim çocuksun sen?" dedi.

Tedbirli olmak da suç olmuş bu hayatta... Ne yapsaydım, şüpheli paket var, **ohhhhh ne güzel deyip yanında gazoz mu içseydim?**

Sen söyle. Sen ne yapardın?

Düşün şimdi! Evden çıktın, kapının önünde bir tane çanta var ve sahibi yok. Kendi hikâyeni yaz. İçinde ne olduğunu düşündün? Ne yaptın? Neler oldu? Çantanın içinden gerçekte ne çıktı?

....

....

....

....

....

....

....

....

....

★★★★ En En En SÜPER ! ★★★★

Bir gün oturdum ve **en'ler listesi** yaptım.

Dünyanın en süper marketi bizim bakkaldı, buna **emindim.** Yani bana göre.

* Dünyanın **en titiz kadını Gıcır Şükriye'ydi.**

* Dünyanın **en uzun boylu insanı Uzun Murat'tı.**

* Dünyanın **en sevimli bakkal çırağı bendim.**

Bunların hepsi tabii ki de, **"Bana göre..."** Sonra bir gün dayımın kitaplarının arasında bir rekorlar kitabı buldum. Okuduklarım beni çok şaşırttı. Bir sürü yeni bilgi öğrendim.

* Dünyanın en yüksek tepesi Everest Tepesi'dir.

* En yüksek şelale, Venezuela'daki Angel Şelalesi'dir.

* Havadaki en hızlı hayvan kartallardır.

Şimdi sıra sende. Beş tane 'en' öğren ve buraya yaz.

EN'LER LİSTESİ

DİL ANALİZİ YAP!

Evde en çok **annem, bakkalda** da en çok **dedem** konuşuyordu. Ama onlar benim konuştuğumu iddia ediyorlardı. Oysa akşamları kulaklarımda onların sesleri yankılanıyordu. Bir gün aklıma süper bir fikir geldi. Onların **dil analizlerini** yaptım. En çok kullandıkları kelimeleri ve cümleleri tablolaştırdım.

Kişi	Onu anlatan tek kelime	Bana en sık kurduğu cümle	Kızınca en sık söylediği cümle	Kurduğu en güzel cümle
Bakkal Dedem	Sus!	Bakkalı süpür!	Evladım sen niye böylesin?	Al şu çikolatayı bitir.
Kahveci Dedem	Boooşveeer.	Kap bi oralet!	Evladım sen niye böylesin?	Al sana harçlık vereyim.
Babam	Yemek!	Ders çalış!	Evladım sen niye böylesin?	Lunaparka gidelim mi?
Annem	Yoruldum...	Kalk bana yardım et!	Evladım sen niye böylesin?	Ben komşuya gidiyorum.

Bence bunu sen de dene.

Kişileri kendin belirle ve dil analizlerini tablolaştır.

Kişi	Onu anlatan tek kelime	Bana en sık kurduğu cümle	Kızınca en sık söylediği cümle	Kurduğu en güzel cümle

ZAMAN MAKİNESİ

Bakkalda şeker sandığının üzerine oturur ve bu sandığın bir **zaman makinesi** olduğunu hayal eder, kendimi başka bir zamanda düşlerdim. Bu da senin zaman makinen. Makineyle farklı bir zamana gittiğini hayal et.

Neler gördün? İnsanlar ne giymişti? Neler yiyorlardı? Dış dünya nasıldı?

KUŞ GÖZLEMCİSİ

Vehbi Amca bütün kuşları tanır. Ormanın ortasında tek başına yaşadığı için kuşları bilmesine çok da şaşırmamalı. Ben de ormanda yaşasam karıncaların türlerini bile bilirim! Ama yine de Vehbi Amca'yla sohbet etmek keyiflidir. Ağacın dalına bir kuş konar ve sana kuş hakkında bildiği her şeyi anlatır.

Bir gün bakkalın penceresine bir kuş kondu. Rengârenk, inanılmaz güzellikte bir kuş.

Yani bakkalın çatısına, ağaca, merdivenlere, karşıdaki çeşmeye falan sürekli kuş konar, ötüp gider ama hiçbiri bu kuş kadar dikkat çekici değildi. Pencerenin pervazında bir şey arar gibi dolanıp durdu ve yavaş yavaş yürüyerek bakkaldan içeriye giriverdi. Ne yapacağımı bilemedim. Hemen Vehbi Amca'yı aradım. Kulakları ağır işitiyor. Ben de ormanın ortasında tek başıma yaşasam benim de kulaklarım ağır işitir. Bağıra bağıra "Alooo! Kimsin? Ne istiyorsun?" dedi. Şimdi sen bakkalı aradığında ben telefonu böyle açsam hoş mu olur Vehbi Amca? İnsan bir hal hatır sorar. Gerçi, ben de Vehbi Amca olsam, ben de hal hatır sormazdım. Ormanın ortasına yalnız kalmak için yerleşmiş, telefonla rahatsız edilmek için değil. Rahatsız etmemek için uzatmadım.

"Renkli bir kuş türü?" diye sordum.

"Kaç harf?" dedi.

Öyle sorunca bulmaca çözdüğümü sandı.

"Fark etmez. Say sen" dedim.

Al kanarya, kardinal kuşu, sarı asma kuşu, doğu saka kuşu, cennet kuşu... diye takır takır saymaya başladı. O sayarken kuş geldi, kafama kondu!

"Devlet kuşu renkli mi?" diye sordum.

"Sen benimle dalga mı geçiyorsun!" dedi, kapattı telefonu. Ben de Vehbi Amca olsam ben de sinirlenirdim. Vehbi Amca değilken bile sinirleniyordum, kafamdan inmiyordu hayvan!

Derken kapıdan içeriye Müjdat Abi girdi.

"Hah burada mısın? Cici kuş, cici kuş, gel kızım! Cici kuş, cici kuş, gel babacık!" diye kuş gibi ötmeye başladı. Kuş kafamdan havalanıp Müjdat'ın eline kondu.

"Muhabbet kuşumuz kaçtı. Bak o da biliyor geleceği yeri. Keşke haber verseydin bize, boş yere aramazdık. Sabahtan beri cici kuşu arıyorum" dedi. İçimden "Ben ne bileyim senin cici kuşunu? Vehbi Amca bile bilemedi..." dedim ama dışımdan bir şey söylemedim. **Çünkü müşteri her zaman haklıydı.** Ertesi hafta gidip Vehbi Amca'dan biraz kuş dersleri aldım. Hepsinin ötüşü ve görünüşü birbirinden farklıydı. Defterime notlar aldım.

Bence sen de not al.

Üç tane kuş tanı, fotoğrafını çek ya da resimlerini bulup buraya yapıştır. Hakkında öğrendiklerini **not et.**

HİKÂYE UYDUR

Bakkala bazen **yeni birileri** gelirdi. Daha önce hiç görmediğim, tanışmadığım ve hakkında hiçbir şey bilmediğim insanlar. Ben de onlar hakkında bir **hikâye** uydurdum. Mesela elindeki çantayı sımsıkı tutan bir kadın gelirdi, ona şöyle bir hikaye yazardım.

Gülşen Teyze; emekli. Emekli maaşını yeni almış ve paranın tamamını çekip çantasına koymuş. O yüzden çantasını hep yanında taşıyor. Daha önce tam **altı** kez çantasını **çaldırdığı** ve **dört** kez de **kaybettiği** için tam **on** aylık maaşını **kaybetti.** O yüzden artık çantasını sımsıkı tutuyor ve elinden hiç bırakmıyor.

Dışarıya çık ve kitabınla birlikte bir parka otur. **Gözüne birini kestir** ve onun hakkında uydurduğun hikâyeyi **buraya yaz.**

RÜYALAR GERÇEK OLSA

Sabah bakkalda rutin olarak yaptığım günlük işlerim vardı. Bilirsin işte, bakkalı süpürmek, tezgâhı silmek, rafları kontrol etmek falan... Tüm bu işlerin içerisinde en keyiflisi **Huriye Teyze'nin rüyalarını dinlemek.**

Huriye Teyze, her sabah geliyor. **"Ay hayır olsun, yine bu gece tuhaf tuhaf rüyalar gördüm"** diyor ve anlatmaya başlıyor.

Bir ormanda tek başına yürüyormuş. Etraf karanlıkmış, ağaçların arasından baykuş  sesleri geliyor, yarasalar uçuyormuş. Derken karşıda bir ışık görmüş. O ışığa doğru yürüyünce birdenbire her yer aydınlanmış. Karşısına bir sıra ayva ağacı çıkmış. Ayva ağacının üstündeki ayvaların hepsi yarım yarımmış. Tam kopartıp yiyecekken uykusundan uyanmış...

Huriye Teyze "Uyandım" deyince, **"Haydaaa!**

Niye uyandın yav? Ne güzel rüya görüyordun?" diyorum. Onu dinlemek masal dinlemek gibi. Sadece **sonu yok!** Bazı rüyaları iki gün sürüyor, ertesi gece kaldığı yerden devam ediyor. Geceleri yatarken "İnşaallah ben de Huriye Teyze gibi maceralı rüyalar görürüm" diye dualar ediyorum. Sahiden de birkaç gece çok **maceralı** rüyalar gördüm. Hemen defterime not ettim.

Bence sen de gördüğün bir rüyayı buraya yaz.

KEDİLER

Bir gün bakkala bir **kedi** girdi. Kocaman göbeği olan, zor yürüyen ve galiba birazcık acı çeken bir kedi. Onu bakkaldan çıkartmayı çok denedim, ama başaramadım. Ne desem beni dinlemedi. Süt uzattım, içmedi. Peynir verdim, yemedi. Bir ara **Saddam'dan** yardım istemeyi bile düşündüm, ama bakkala zaten bir kedi girmişti, bir de köpek sokarsam, yaşanacakların altından kalkamamaktan korktum. **Az da olsa** mantıklı düşünebiliyordum. Sonradan anladım ki kedi hamile ve yavrularını dünyaya getirmek için **bizim bakkalı** seçmiş! Bela geliyorum demez. Dedeme durumu nasıl açıklayacağım diye çok düşündüm, ama dedem beklenmedik bir tepki gösterdi. Bakkalın kapısını kapattı ve "Kediyi yalnız bırakalım" dedi. Kızmadı yani! Ne bana, ne de kediye! Sandığımdan daha vicdanlıymış... Sonunda **5 tane nur topu gibi kedimiz oldu.** Doğumlarına şahit olduğum için onlara isim vermek de bana düştü. Bakkalda doğdukları için isimlerini de bakkala uygun seçtim.

1. Yavru: Veresiye

2. Yavru: Süpürge

3. Yavru: Gofret

4. Yavru: Külah

5. Yavru: Müdür

Senin birdenbire 5 tane kedi yavrun olsa, onlara ne isimler verirdin? Ama sakın Tekir, Yumak, Pamuk gibi klasik isimler verme... Daha önce hiç duymadığın isimler olsun...

1-

2-

3-

4-

5-

KEDİ ve KUTU

Dedem kedileri bir kutunun içine koyup annelerini de **peşime takıp** beni gönderdi. Sorumluluklarım yetmiyormuş gibi, birdenbire **bir kedim ve 5 yavrum olmuştu.** Şimdi ne yapacağım diye düşünmek için bir ağaç altına oturdum. **Neyse ki düşünmeyi çok seviyordum.** Saatlerce düşündüm. Bir kedilere baktım, bir kutuya... Bir kedilere baktım, bir kutuya... Bir kedilere baktım, bir kutuya... Kedilere ne yapacağımızı sonra düşünürdüm. Önce kafamda biraz hikâye yazmaya başladım. Elimde iki kelime vardı.

"Kedi" ve "Kutu". Ve sadece iki kelimeden yola çıkarak bir sürü farklı hikâye üretebiliyordum. Bu müthiş bir şeydi. Dene bak sen de çok seveceksin. Üçü de birbirinden bağımsız üç hikâye yazacaksın.

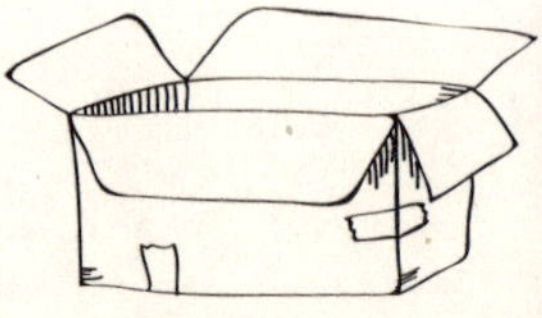

Kedi kutunun içine girdiğinde ....

....

....

Kutunun üzerindeki kedi resimlerini görünce ....

....

....

Kutu ülkesindeki kedilerin tüyleri pembedir ve ....

....

....

....

KEDİLERE NE OLDU?

Kedilere bakmam **imkânsızdı.** Annem onları eve almama asla izin vermezdi. Yine de şansımı denedim. Elimde kutuyla eve gittim. Annemle aramızda şöyle bir diyalog geçti.

- Ne o elindekiler?

- Dedem gönderdi, senin için?

- Neymiş onlar?

- **Kardeşin bunlar senin. Dedemin yavruları. Bakkalda dünyaya geldiler. Dünyaya gelmek için dedemin güvenli bakkalını seçtiler. Öyleyse siz kardeş sayılırsınız. Gel annecim, kardeşlerine merhaba de.**

-Ben şimdi elime **terliği** alırsam, sen kardeşi de merhabayı da görürsün. İşim başımdan aşmış, bir de benle dalga geçiyor. Götür o kedileri, ben seninle zor başa çıkıyorum, bir de kedilerini alıp gelmiş. Git ellerini de yıka... Bir kedimiz, piremiz eksikti....

Geri kalanları dinlemedim. Annem konuşmaya

başlayınca genellikle **pek susmaz.** Kutuyu alıp uzaklaştım. Akşam olmadan kedilere güvenli bir yer bulmam lazımdı. Halamın izlediği acıklı filmleri hatırladım. Oturup Keriman Teyze'ye bir mektup yazdım.

"Ben kimsesiz bir anne kediyim. Yavrularım yeni dünyaya geldi. Bakacak kimsemiz yok. Siz bu evde mutlu mesut yaşarken biz, sokaklarda aç aç dolaşıyoruz. Sizin evinizde bir sürü çocuk var, bizi de alıverin. Dünyanın en merhametli annesisin, beni en iyi sen anlarsın."

İmza: Gariban anne

Bu mektubu kutunun üstüne yapıştırıp kutuyu da Keriman Teyze'nin kapısına koydum. Keriman Teyze'nin altı tane çocuğu vardı. Biraz sonra yavruların sesini duyup kapının önüne çıktı ve mektubu okudu. Göz yaşlarını silip kutuyu aldı, içeriye girdi. Derin bir nefes aldım. Kediler emin ellerdeydi.

Senin görevin şu. Beş tane kedin var. Ve onlara sahip arıyorsun. Bir afiş hazırlayıp duvara yapıştıracaksın. Kedileri öyle anlat ki **görenler hemen sahiplenmek istesin.**

SÖZ UÇAR YAZI KALIR

Zaman zaman kendisine kızsam da aslında Bakkal Dedem, çok iyi bir dede. Ama her zaman değil tabii. Yani bazen iyi bir dede. Bazen dediysem, yani azıcık bazen... Mesela **masal anlattığı zamanlarda...** Öyle anlarda Bakkal Dedem gerçek bir efsaneye dönüşüyor. O kadar güzel anlatıyor ki, büyüyünce onun gibi masal anlatabilmeyi çok istiyorum. O yüzden masal anlattığı zamanlar gözümü, kulağımı açıp onu dinliyorum. Masal bittikten sonra boynumu yana yatırıp **"Bir daha anlatsanaaaa!"** dediğimde "Bugönlük yöter bo kodar!" diyor ve işte o an, o efsane tekrar Bakkal Dedeme dönüşüyor. Bir kere daha anlatsa, bir şey olur sanki! Yaramazlık yaptığım zamanlardaysa asla anlatmıyor. Geçen gün "Sen böyle habire yaramazlık yapmaya devam edersen, bir daha masalı zor dinlersin!" dedi. Tehditleri hiç sevmem! Ben de artık ondan öğrendiğim masalları bir **deftere yazıyorum.** Çünkü muhtemelen yaramazlık yapmaya devam ederim. O da anlatmaz. Böylece masallar unutulur. Ama **yazarsam unutmam.**

Şimdi senin görevini söylüyorum.

Bir masal avına çık, öğrendiğin bir masalı buraya yaz. Çünkü öyle derler, "Söz uçar yazı kalır."

OLMAZ OLMAZ DEME...

Bazen canım sıkıldığında **olmayacak hikâyeler uydururdum.** Sonra da boş kaldığımızda bunları dedeme okurdum. Genelde hiç **gülmez,** hemen **HATALARIN** üzerine atlardı. Yani şöyle;

"Padişahın biri televizyon izlerken içeriye **2 metre** boyunda bir cüce girmiş" derdim. Dedem de hemen ters ters bakıp "Padüşah tölövizyön mu izlermüş? Ükü mötrö cücö mü olurmuş?" derdi. Ben de bu hikâyelerimi yetişkinlere okumaktansa çocuklara okumayı **tercih ederdim.** Çünkü çocuklar hataları düzeltmek yerine, **gülmeyi** tercih ederler.

Hadi sen de dene. Senin için istersen hikâyeye ben başlayayım, sen devam ettir.

O ağustos ayında lapa lapa yağan karın altında güneşlenirken kümesten gelen bir köpek sesiyle irkildim..

....

....

....

....

....

....

....

....

....

....

....

....

....

....

....

....

....

....

YETİŞKİN OLDUĞUMDA KESİNLİKLE YAPMAYACAĞIM ŞEYLER

Şu bakkalda bir sürü şey öğrendim, daha önce anlamakta zorlandığım bir sürü şeyi **anladım.** Mesela matematikte zorlanıyordum, o kadar çok **para üstü**  hesapladım ki matematiğim gelişti. Acayip güzel **terazi**  kullanmayı öğrendim. Ürünleri nasıl **taze** tutmam gerektiğini ve ürünlerin neden bayatladığını anladım. **Ama yetişkinleri bir türlü anlayamadım.** Bir insan grubunun bir dediği öbür dediğini bu kadar mı tutmaz? İnsanlar kendi kendileriyle bu kadar mı **çelişir?** Mesela biri hakkında olumsuz bir şey söylediğimde hemen kaşlarını çatıp "İnsanlar hakkında konuşma!" diyorlar. Sonra bir bakıyorum, birer avuç çekirdek alıp "Eee? Sonra n'olmuş? E ama o zaten öyle biridir!" diye dedikodu yapıyorlar. Etrafımdaki bütün yetişkinler, **tutarsızlıkta** birbiriyle yarışacak kadar iyiler... Ben de böyle durumlarda kendi maddelerimi yazıyorum. Çok eğlenceli oluyor. Daha önce "Yetişkinlerle İletişimde Dikkat Edilmesi Gereken Hassas Konular"ı yazmıştım. Sonra da **"Yetişkin Olduğumda Yapmayacağım Kesin Maddeler"i** yazdım.

* **Çocuklar lafa karıştığında ve fikrini söylediğinde** "Sen bi' sus bakayım!" **demeyeceğim.**

* **Çocukları sürekli** "Hadi sen biraz odana git de oyna!" **diye odasına göndermeyeceğim.**

* **Çocuklar benden bir şey istediklerinde** "Yapamam, çok yorgunum, daha işten yeni geldim" **demeyeceğim.**

Böyle tam 18.927.345 tane madde yazabilirim. Sen de kendi maddelerini yaz.

YETİŞKİN OLDUĞUMDA KESİNLİKLE YAPMAYACAĞIM ŞEYLER

1. ______________________

2. ______________________

3. ______________________

4. ______________________

5. ______________________

6. ______________________

7. ______________________

8. ______________________________

9. ______________________________

10. ______________________________

11. ______________________________

12. ______________________________

13. ______________________________

14. ______________________________

15. ______________________________

16. ______________________________

(Daha uzun yazmak istiyorsan, kendine defter alabilirsin)

OLMAYACAK ŞEY YOK !

Bazen bakkalda şeker sandığının üzerine oturur ve hayaller kurardım. "Bir sabah uyandığımızda tüm ülkede bir tane bile ekmek kalmadığını görsek ne yapardık?" gibi... Bu soruları dedeme sorduğumda hemen "Olmayacak şeyler düşünme!" derdi. Bence **"olmayacak şey"** diye bir şey **yok.** En azından hayal dünyasında.

"Bir sabah uyandığında tüm ülkedeki sokak tabelalarının yok olduğunu görsek neler olurdu?"

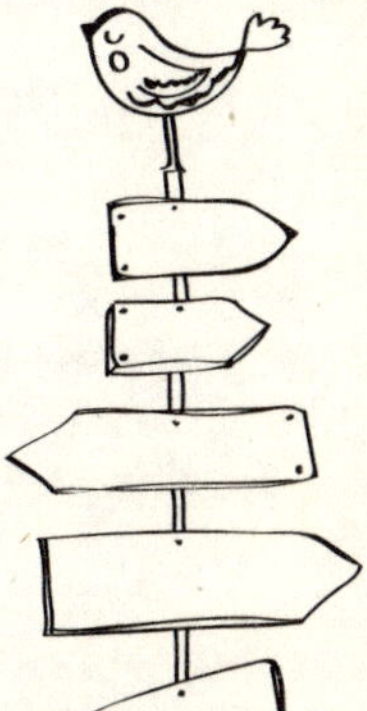

BİRİLERİNE YARDIM ET

Bakkala gelen çocukların alışveriş tarzları farklıdır. Bazı çocuklar her şeyden alır, yiyemeyecekleri şeyleri bile ceplerine doldururlar, ısırır ve bırakırlar. Bana göre hava hoş... Sonuçta satış yapıyorum ama paranı böyle harcamak doğru değil. Bazı çocuklar gelir, her şeyi inceler, cebindeki parasını inceler, parasına kıyamaz, harcayamaz. Birilerinin gelip ona bir şey ısmarlamasını bekler. Bence bu da kötü, çünkü paran varken yok gibi davranmak da hoş değil. Bazı çocukların ise, hakikaten parası yoktur. Gelir bakar ve sadece sakız alıp gider.

Bakkalda çalıştığım için dedem bana harçlık veriyor. Ben de o harçlığın bir kısmını küçük bir kutunun içinde biriktiriyorum. Kutunun üzerine **"Sadece yardım amaçlıdır, bozuk para sanıp almayın"** yazdım. Bakkala sahiden parası olmayan çocuklar geldiğinde, bazen çikolatalarda indirim yapıyorum. **"Sakız parasına çikolata"** yazıp üzerine yapıştırıyorum. Çocuklar da onlardan alıyorlar

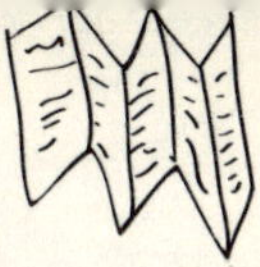

tabii. Çok seviniyorlar. Onlar gittikten sonra yardım kutusunu çıkartıp kasaya çikolatanın parasını bırakıyorum. Böylece kimsenin haberi olmadan çocuklara yardım etmiş oluyorum.

Bir yardımlaşma derneğinin **başkanı**  olduğunu hayal et. Bunlar üzerinde düşün ve bir **broşür hazırla.** Broşürünü çevrendeki yetişkinlere oku ve onlardan **yardım topla.** Sonra da ihtiyacı olanlara gönder.

Kitap, giyecek ya da yiyecek toplayabilirsin. Belki de herkesten **balon** istersin. Düşünsene yüz tane balon topladın ve bu balonları çocuk esirgeme kurumundaki çocuklara ulaştırdın. Yapamaz mısın? **Bence kesin başarırsın.**

Amacın ne?

....

Kime yardım edeceksin?

....

Yardım olarak ne vereceksin?

....

İCADINI GÖRELİM

Biliyor musun? **Meyveli sodayı ilk ben buldum. Ciddiyim.** Vişne suyu ile maden suyunu karıştırdım ve harika bir içecek oldu. Ama kimse dikkate almadığı için bu icadım güme gitti. Yine de önemli olan bu gerçeği benim bilmem.

Kimse inanmasa da bunu denediğimi ve keşfettiğimi biliyorum.

Sıra sende. Yeni bir ürün bul ve ürününü bu sayfada tanıt.

Ne işe yarıyor? Neye benziyor?

....

....

....

....

....

....

....

....

....

....

....

....

....

....

....

....

KOLONYA ŞİŞESİ

Bakkalda en sevdiğim şey **kolonya şişesiydi.** Bayılıyordum kolonya şişesine. Orada tek başına bir köşede durduğu için ona **müdür** adını takmıştım. Gelip geçip müdürden bir avuç kolonya alıyor ve kafama sürüyordum. Acayip güzel kokuyordu. Ama dedem her seferinde "Bütüreceksün şümdü golonyoyu, sürüp durma!" diyordu. Sanki kolonya benden kıymetli... Bu yetişkinlerin malı **acayip kıymetli oluyor ha!**

Bir gün, yine bakkaldan **kovulduğum bir gündü** sanırım, tarlada gezerken bir **ot** keşfettim. Kokusu aynı **limon** kolonyasına benziyordu. Ben de o otlardan toplayıp bakkala getirdim. Dedem bana acısın diye limon otlarını burnuma dayayıp onları kokladım. İstesem limon otundan kendi limon kolonyamı bile üretirdim ben ama, istemedim. Yeterince isteseydim, **KESİN YAPARDIM.**

Senin sevdiğin kokular neler? Bir keşfe çık ve hoşuna giden kokuların listesini yap.

(Ben ayrıca zencefil ve karanfil kokusuna da bayılırım.)

Sevdiğim kokular

1- ....

2- ....

3- ....

4- ....

5- ....

6- ....

7- ....

8- ....

9- ....

10- ....

FUTBOL TAKIMI

Bu dünyada herkesin bir zayıf noktası var dostum, bunu biliyorum. Kim olursa olsun, ne kadar güçlü olursa olsun, herkesin bir hassas noktası var.

Mesela benim zayıf noktam; çikolatalarım, şekerlerim, sakızlarım, çekirdeklerim, oyuncaklarım, Ayşegül kitaplarım, bisikletim, günlüğüm, defterlerim, saç tokalarım, bütün eşyalarım falan.

Dedemin zayıf noktası ise;

futbooooollll! Biliyorsun işte bakkalda bana kök söktürüyor. Bütün günüm onun dediklerini yapmakla geçiyor. Akşamları bakkaldan çıkıp eve gittiğimde rahat bir nefes alıyorum.

Ama bazen annem anne babasını özlüyor ve akşamları dedemlere gidiyoruz. O zaman bütün günüm yetmezmiş gibi, gecemi de dedemle geçiriyorum. Sonra televizyonda futbol maçı başlıyor, hepimiz olduğumuz yere çakılıp kalıyoruz. Kımıldadığımızda kızıyor. Biz konuşunca, dikkati dağıldığı için maç izleyemiyormuş. Beni en baştan dışarıya çıkartıyorlar, odaya almıyorlar.

"Nasıl olsa durduğun yerde duramayacaksın, bari en baştan odaya girme! Maç bitene kadar öbür odada bekle, dedeni kızdırma!"

diyorlar.

Sanki çok da meraklıyım doksan dakikamı koltukta **kımıldamadan** oturarak geçirmeye.

Dedem bir bakkal, ama bence kendini teknik direktör sanıyor. Maç boyunca,

"O OYUNCU ORADA MI OYNATILIR? BÖYLE OYUN MU KURULUR? ÇEK HOCAAA! ŞENOL'U ÇEEEK, RIDVAN'I AL OYUNA! AYKUT'U AL, AYKUT'U!" diye bağırıyor.

Acaba teknik direktör sana "Yağları aşağıdaki rafa koy, salçaları yukarı kaldır!" diye bağırsa hoşuna gider mi? **Ben teknik direktör olsam dedeme acayip sinir olurdum.** Gerçi sinir olmam için teknik direktör olmama gerek yok ama neyse.

Bir akşam yine dedemlere gittik, yine maç var, yine beni dışarıya çıkarttılar. Bütün aile gıkını çıkartmadan televizyon izliyor. Maçta ne olup bittiğini anlayan yok, çünkü sadece dedem **"Hocaaa! Hocaaa!"** diye bağırıyor. O an aile fertlerini bu işkenceden kurtarmaya karar verdim.

Bunun için ihtiyacım olan tek şey bir sandalyeydi. Ve salonda sadece ben ve tam 8 tane boş sandalye vardı. Birini aldım ve elektrik şalterinin olduğu yere usulca süzüldüm. Tam **"Hadi oğlum, hadi oğlum, gol oğlum!"** derken masum bir hareketle **şalteri indiriverdim.** İçerden bir **"Aaaaa!"** sesi yükseldi. Sonra hemen açtım. "Ohhh!" dediler, ama gol kaçtı! Aynı işlemi on kez falan tekrar ettikten sonra, sandalyeyi eski yerine koydum ve koltuğumda boş boş oturmaya başladım.

Doksan dakikalık maçın sadece son on beş dakikasını izleyebildi, o onbeş dakika da **benim ona hediyem olsun.**

Beni tekrar içeriye çağırmalarını beklerken kafamda bir futbol takımı kurdum. Dedemden teknik direktör oluyorsa, benden de bal gibi olurdu. Annemi kaleci yaptım. Hep yorgunum diyor, hayalimde bari koşmasın, dinlensin. Dedemi yedek oyuncu yaptım ve yedek kulübesine oturttum.

Muhtemelen maç boyunca sahaya çıkartmayacağım.

Sen kendi futbol takımını kursan kimleri oynatırdın?

Hayatından birilerini seçebileceğin gibi sevdiğin futbolculardan da seçebilirsin. Teknik direktör sensin.

Ne var?

Benden oluyorsa senden de olur...

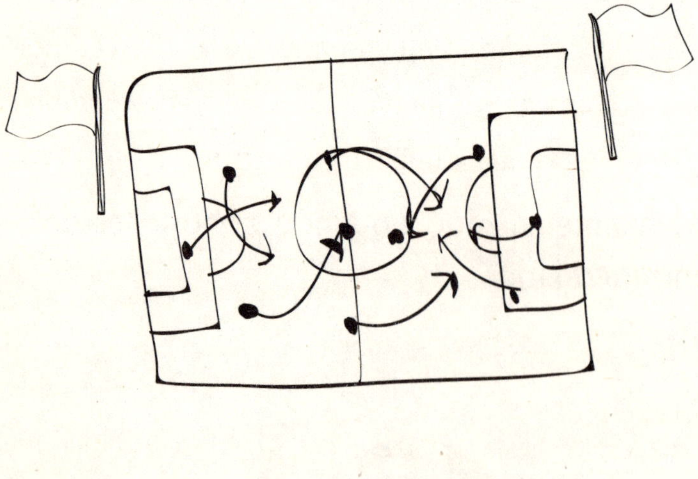

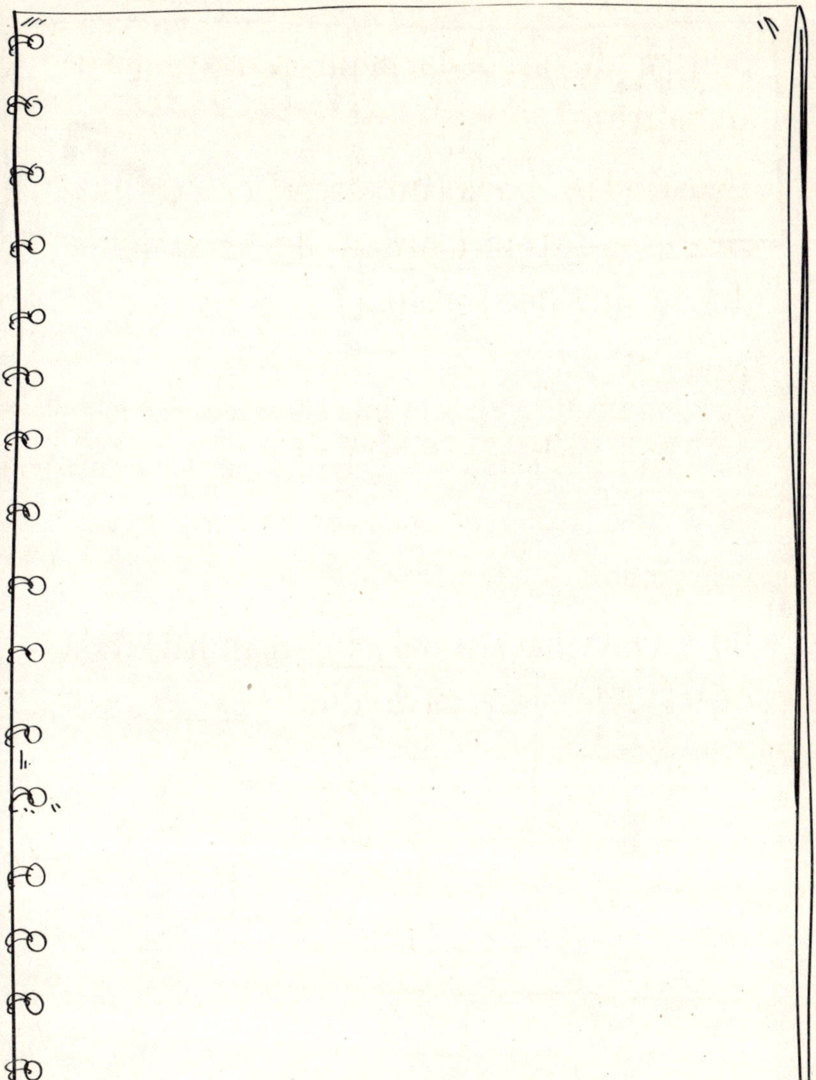

KÖPRÜDEN ÖNCE SON ÇIKIŞ

Bu kitap elbette bir gün birinin eline geçecek. İçine insanların okuyunca pek de hoşlanmayacağı şeyler yazmış olabilirsin. Sana son bir kurtuluş yolu sunuyorum.

Bu sayfayı hayatındaki insanlar hakkında güzel şeyler yazarak doldur.